南极姑娘

陈谌 著

北京联合出版公司
Beijing United Publishing Co., Ltd.

既然你已经在世界的最北方
那么无论未来你朝哪个方向走
都注定是南方

目录
CONTENTS

CHAPTER 1_ 这个季节只适合北漂 001

CHAPTER 2_ 孤独的人总会相逢 045

CHAPTER 3_ 一趟善意的旅程 109

CHAPTER 4_ 昨天晚上睡得好吗 159

CHAPTER 5_ 我会在世界的最南方等你 217

[番外篇] 小小白 247

CHAPTER 1

这个季节只适合北漂

1

我翻了个身，揉了揉惺忪的睡眼从窗口望出去，无尽的黑夜中弥漫的依旧只有漫天的星光。

我努力在夜空中找到了北极星的位置，然后用指甲在墙上做了个记号，标志着一天又过去了。掐指算来，现在应该已经进入十一月了，然而极夜的结束却仍旧遥遥无期。

不知从何时开始，我习惯在这段漫长而寂寥的时间里沉睡，尽管北极熊并没有冬眠的习惯。但对我而言，睡眠是逃离孤独的最好方式，毕竟等待终究是一个漫长的过程，它可能会消磨掉你的希望，然而当你闭上眼睛的时候，无论是梦境还是想象，那些画面总会泛着些许光亮。

我起身数了数堆在墙角的鱼，应该是吃不过两天了，于是经过激烈的思想斗争后，我很不情愿地从我温暖的冰屋里钻出来，一头扎进了寒冷的夜中，琢磨着是时候再去储备点粮食了。

今天没有风雪，总体说来是个适合出来觅食的天气，我缓缓地踱着步子，环顾着四周被星光映得晶莹透亮的雪地，脚步无端变得轻盈起来。似乎已经很久没有这般轻松的感觉了，自从她走了之后，我把自己藏在这样一个与世隔绝的地方，苦行一般地生活着，没有和任何人说过一句话，以至于现在我时常会自言自语，甚至故意从鼻子里弄出点声音来，以证明自己的存在。

来到岸边，我一边走一边敲击着地面，最终选了一个冰薄的地方，小心翼翼地在那儿挖了一个洞，然后把爪子伸到水中搅动了几下，希望能引来鱼群。我一向都是这么捕猎的，其他北极熊或许会直接跳入水中去抓鱼，而我则习惯于守株待兔，撑着下巴望着洞口，像个哲学家一般，虽然可能有些耗费时间，但时间对我来说并不值钱，作为一只既没有理想也没有追求的北极熊，我有很多很多的时间用来挥霍。

等了有四五个小时，我歪着脑袋已然有些昏昏欲睡了，可是正当我嘴角的口水都快要结冰的时候，水面忽然有了一些波澜，我听到声音连忙强打起了精神，直起身子眼巴巴地盯着洞口，准备来个突然袭击。说时迟，那时快，见水面下似乎有一团黑影闪过，我一伸爪子就把它从水里给抓了出来。

“啊……”我手里的不明物体猛地发出一声凄厉的惨叫，着实把我给吓得不轻，于是我手一滑又把它给丢了出去。

只见那团圆鼓鼓的东西骨碌碌地滚出老远，在原地打了几个转才停了下来。

我张大嘴巴愣了半晌，好不容易才回过神来，借着微弱的光亮定睛一看，那坨圆东西竟然自行舒展开来，看样子好像是只企鹅。

“企企企……企鹅？”我怔得说不出话来。

“是，怎么了？”她爬起来拍了拍身上的雪，愤愤地瞪了我一眼，听声音似乎还是个姑娘。

“没没……不好意思，有些吃惊而已。”

“吃你妈个鬼，你没把我吓死就不错了。”

“真对不起，我刚才在捕鱼来着……”

“捕鱼？企鹅是鱼吗？你知道‘鹅’字怎么写吗？左边一个‘我’，右边一个‘鸟’，姐姐我是只鸟啊，熊孩子！”

“是是是……错伤无辜，还请您见谅。”我连忙点头哈腰给她赔不是。

“哦，没事。”她走到我身边斜着眼上下打量了我一番，缓缓地问我道，“北极熊？”

“是。”

“哎妈呀，第一次见到活的了，真有趣，不愧是北方汉子哈，个子这么高！哟，这毛可白可软了，哈哈……”她过来摸了摸我的腿毛，笑得很开心。

我心里嘟哝着，你大爷的多新鲜啊，我在北极见到一只企鹅都还没说啥，你丫在北极见到一只北极熊有啥可笑的。

2

她说她叫米娜，来自南极，地球的最南方。

我和她坐在雪地上聊了很久，她告诉我她从遥远的南方来到这里，只为了心中一个简单的梦想。

“你知道吗大熊，从小我就想知道，地球的最北方是什么样子，然后我想在北方看一次日出。”

“噢，那你可来错时候了，现在这里是极夜，下次出太阳怎么也得三个月以后了。”

“好吧，那怎么办？”

“要么等，要么回去呗。”

“现在回不去。”

“为啥啊？你怎么来的就怎么回去呗。”

“我顺着洋流漂来的，这个季节只适合北漂。”

我觉得这种说法冲击了我的价值观，便伸出爪子在地上画了画，试图找出这里面的科学依据。

“怎么样，看出什么所以然了没有？”画了半晌，米娜凑过来看了一眼道。

“没有，我真挺好奇你怎么一个人大老远跑这儿来的。”我把地上乱七八糟的箭头擦掉，不紧不慢地对她说道。

“你地理老师死得真早！你想啊，我家住在南极，南极是地球的最南方，我只要沿着一个方向走，肯定能到北极。”她在地上画了一个球，然后指了指球的最下端说道。

“那你地理这么好怎么不知道现在北极是极夜呢？”

“这个是数学上的差错，没办法，我数学也是地理老师教的。”

听完这句话，我瞪着她露出了一个错愕的表情。

“好吧好吧，不管怎么说，既来之，则安之，你先住在我那儿吧。”我对她说道。

“住你那儿？我跟你很熟吗？”她露出了一个鄙夷的神情。

“不熟又怎样，你一个从南极大老远跑来的姑娘，在北极难道还能有什么亲戚不成？”

“这倒没有……唉，好吧，总比露宿雪地强，现在一起去你那儿看看吧。”

“别忙，我还要抓鱼呢，家里没东西吃了，你先等会儿。”

说罢我又回到冰窟窿边上蹲着，瞪着水面发起了呆。

米娜晃晃悠悠地踱到我身边来，往洞里望了一眼，然后转头看了看我问道：“你这是干吗呢？”

“小点声，别把鱼吓跑了。”我做了个“嘘”的手势。

“哦，敢情你就是这么捕鱼的啊，你这个方法连只死鱼也抓不到。”

我转头斜了她一眼道：“你刚刚不就是这么被我弄上来的吗？”

她尴尬地干咳了两声，说这是一个概率的问题。

“得了吧，地理老师还教概率。”我抹了抹鼻涕对她说道。

米娜很好奇地问我，为什么我要用这种奇怪的方式来捕鱼，我解释说我就是懒罢了，而且跳水里去抓的话会把毛弄湿，难受得很。

然而我没告诉她，事实上我仅仅是害怕冰面下水中那最纯粹的黑暗，这种令人窒息的黑暗像是自己每夜的梦魇，绝望而恐惧，这些年几乎将我吞噬了。

在一旁待了半天，看我始终没有什么进展，米娜等得有些不耐烦了，她提议要帮我抓。

“你？”我转头看了看她道。

“你不知道企鹅也是吃鱼的吗？我抓鱼可比你这只笨熊有效率，你在这儿等着。”

说罢她一头扎进了冰窟窿里，溅了我一脸一身的水花，把我冻得一哆嗦。

在等待的时候，我默默坐在洞口边上琢磨着这还真是奇幻的一天，自己已经这么长时间没有见到除了鱼之外的任何活物了，一见就见到一只企鹅，还是个姑娘，生活真是无常到有些荒诞了啊。

正想着，一只活蹦乱跳的鱼儿忽然从洞里被丢了出来，没过多久，越来越多的鱼也随之而来，我在一旁接得不亦乐乎。

就这样忙活了几个钟头，洞边堆了一大摞新鲜的鱼。

米娜从洞里钻出来，甩了甩身上的水问我道：“怎么样，够多了吧？”

“够多了，够我吃半个月了。”

“妈呀，你可真是吃货，这都够我吃半年了。”

“喂，我可是北极熊，你一只企鹅跟我比食量，不觉得是一件很没节操的事情吗？”

“好吧，先别扯这么多废话，你准备怎么运回去？”

“这我自有办法，你等着。”

我到岸边找了块大小合适的浮冰，拖上岸后把所有战利品都堆在了上面。我让米娜坐在我的背上，然后推着冰块踏上了回家的路。

路上米娜趴在我的背上睡着了，看她睡得那么香，回想起刚才她努力抓鱼的样子，我无端有些心疼，毕竟这个姑娘历经了这么远的长途旅行，还辛辛苦苦帮我抓了这么久的鱼，现在肯定是累坏了。

然而对此我却又感到深深地不解，她这么千里迢迢地来到北方，仅仅是为了看一次日出而已吗？这听起来是病，得治啊。

到家门口后，她醒来从我的背上翻身下来，问我的房子在哪儿。

我拿手指了指前面一个用冰块堆起来的屋子。

“就这儿啊，我还以为是个坟包子呢。”

她围着屋子绕了两圈，然后钻进门看了看，忍不住摇了摇头道：“你就住在这小破屋子里？”

“自己瞎盖的，条件有限，你要嫌弃就自己找地儿住去。”我白了她一眼。

“唉，我就是出来得仓促了，没考虑好住哪儿。”她一拍脑门显得很懊悔。

“这叫啥旅行，这么寒碜。”

“穷游懂不？”

“穷就别出来浪了，穷游还穷讲究个啥，而且我一直都是一个人住，要那么大房子有什么用。”

“你没有女朋友吗？”

“有过，死了。”

“噢。”她忽然就不说话了，然后过来想拍拍我的肩膀表示安慰，但是因为够不着，只好戳了一下我的屁股。

“没事啦，很久之前的事情了，就不要再提了，我这里呢就这么大，咱们只能挤一挤睡了，你过来躺躺试试看舒不舒服。”我钻进屋子里示意她过来。

然后她就四仰八叉地躺在了屋子的正中间。

“亲，注意素质啊，你这样躺让我躺哪儿。”我尖着嗓子喊道。

于是她一脸不情愿地滚到了墙角。

我躺下后，往窗边挪了挪，对她做了个手势，示意她可以往我这边躺一点儿。

然后她又往回滚了两圈。

“感觉怎么样？”沉默了一会儿，我问她道。

“还行，虽然有点拥挤，但是还好你庞大的身躯挡住了风，挺暖和的。”

“嗯，那就好。”

“只是我担心一件事情，睡觉时你会翻身吗？”

“我尽量不。”

“可别‘尽量’，你‘尽量不翻’，我也只能‘尽量不被压死’，麻烦你体谅一下。”

“好好好，绝对不翻。”

说完这句话，我立刻就陷入了沉沉的睡眠中。

3

我做了一个很长很长的梦，又是那个似曾相识的梦境，梦里我看到了她的脸，嗅到了她的气息，听到了她的呼唤，交织着冰川碎裂的声响、大地颤抖的回音，我伸手想要抓住她，却怎么也抓不到，只能看着她跌入黑暗的深渊之中。

猛然惊醒后，我发现米娜正在屋子里把鱼一只只整齐地码在墙角。

“你醒啦大熊，睡了快大半天了。”她听到声响，头也不回地对我说道。

“嗯，每次出去抓鱼回来都累得半死。”我揉了揉眼睛，打着哈欠伸了个大大的懒腰。

“你真有脸说，这些鱼都是老娘抓的，你小子就只顾着蹲在冰窟窿边上数星星了。”米娜依旧在忙着手中的活。

“但是这些鱼都是我运回来的好吧……话说你到底在干吗呢，没事干折腾鱼玩儿呢？”我忍不住问她道。

她这才回过头缓缓地对我说道：“我在整理房间，你平时都把鱼随随便便堆在墙角吗？”

“不然呢，又吃不了几天，吃完了就没了，码这么整齐作甚，跟艺术品似的，真麻烦。”

“喏，这个说法就不对了，洗澡也麻烦，洗完澡过几天又脏了，但这能成为你不洗澡的理由吗？”

“反正我都是一个月才洗一次澡。”

这句话刚说完我就后悔了，我看见米娜正瞪大了眼睛瞅着我，好像看见了什么怪物一般。

“难怪我一直闻着一股腥味儿，我还以为是鱼的味道呢，原来是你这只熊的气味啊！你赶紧洗澡去，不然别进屋睡了。”

然后我就这么被她赶出了家门，现在正坐在屋子外头一脸委屈地用雪擦着自己的身体。

我一边洗着一边觉得不对劲，心想这怎么回事，这个新来的家伙还真有点反客为主了，想造反了吗这是，我不洗她还能拿我咋的，我堂堂一只北极熊，咋能这么熊呢？

正想着，米娜从屋里出来了，她指了指我的背冲我喊道：“背上背上，没洗干净。”

“对不起，手短，搓不到。”

“你躺下。”米娜戳了我的屁股一下。

“你你你……干什么？”

“帮你搓，我够不着。”

我本想反抗一下，但她掐得我大腿疼，于是我只好乖乖躺在地上，然后她拿起一把雪在我的背上搓了起来。一开始我觉得有些痒痒，想笑却憋着不敢笑出来，但渐渐觉得还是挺舒服的，就索性闭上眼睛慢慢享受了。

洗完以后回到屋子，我看到所有的鱼都已经从大到小、从左到右整整齐齐地被码在墙角了。

“那个，我说，你这有点夸张吧。”我指了指这个奇观对米娜说道。

“对不起，不这么摆我看着难受，还有刚才搓你的背搓得用力了点，搓掉了不少毛，再次向你表示道歉。”米娜对我鞠了个躬道。

我惨叫一声，心想难怪刚才洗完觉得后背凉飕飕的，原来都是这货干的好事。

“你不知道熊毛干洗的时候是不能用力搓的啊！”

米娜告诉我，没办法，她是处女座的，所以在生活上难免有点洁癖。

“这不是洁癖的问题，这简直都有点强迫症了呀。”我往窗口望了望，想看看刚才到底被她搓掉了多少毛，但很遗憾的是我的毛也是白色的，掉在雪地里完全看不见。

“我是觉得吧，你过得实在是有点太糙了，简直就是不拘小节。”

“我觉得这样没啥不好的，我已经习惯了。”

“这是你生活态度的问题……”

“喏，我不需要别人来对我的生活指手画脚的，你看不过眼，没人求你住在我这里。”

米娜忽然就不说话了，我知道我的话似乎是说重了，但碍于面子我也不想再去解释些什么了。

不知沉默了多久，我觉得肚子有些饿了，但米娜背对着我坐在鱼的旁边生着闷气，我有些不太好意思过去拿。

犹豫了一会儿，我小心地走到米娜旁边，问她道：“我拿几条鱼你不介意吧？不小心弄倒了你会不会打我？”

米娜转头看了我一眼，“扑哧”一声笑了出来，说没事，倒了还可以再码起来。

一起吃饭的时候，我把鱼一只只往嘴里扔，米娜则在一旁抱着一只鱼慢慢地啃着。

“刚才对不起，住在你这里确实打扰你的生活了，但我这个人吧，有时候就是心直口快，如有冒犯的地方还请见谅。”

“没事，刚才我的话也重了一些，我确实一个人生活很久了，所以不太善于和人交流，而且我也是习惯了这样随随便便地过日子。”

“其实我挺奇怪的，这里这么荒凉，为什么你要在这里搭个屋子一个人住？你没有朋友没有家人吗？”

“这个很复杂，一句两句也说不清楚，日后有机会慢慢和你说吧。”

“嗯，无论怎样，感谢你收留我。如果没有你，我还真不知道怎么办呢。”米娜冲我笑了笑道。

“一个人过也是过，两个人过也是过，何况你这么小，吃不了多少东西，也占不了多少地方，应该是我谢谢你光临寒舍，还帮我搓背……噢，不对，是剃毛。”说完我哈哈大笑起来。

米娜说如果不是我那么久不洗澡，那么脏那么臭，她也不会搓得如此用力，整洁是个好习惯，这不能成为大家讨厌处女座的理由。

4

因为背上缺毛，躺着觉得冷，我这些天都只好趴着睡。

今天睡前我转头看看躺在一旁的米娜，她望着天花板好像若有所思的样子。

“怎么了，睡不着？”我问她道。

“嗯。”

“想家了？”

“这倒不是，我只是觉得好神奇，几个月前我还在南极自己的家里，现在竟然在北极，还躺在一只北极熊的旁边。”

“你以前出过远门吗？”

“没有呢，我从小到大都待在南极。”

“从小到大……话说你多大了今年？”

“虚岁十七。”

“虚岁？什么虚岁？”我一头雾水。

“虚岁呢，就是从我还是一颗蛋的时候从妈妈肚子里生出来的那天算起，实岁就是从蛋里被孵出来的时候，也就是破壳那天算起。”

“噢噢，忘了你是只企鹅。”

“难道你们北极熊不是从蛋里孵出来的吗？”

“呵，怎么可能啊。你想啊，一颗能孵出北极熊的蛋得有多大呀，还容易弄破。”我拿手比画了一下。

“也是，我也觉得不太好孵的样子……那你的爸爸妈妈呢，他们现在在哪儿呢？”

“我从出生就没见过我爸爸，我妈妈把我养大后就离开了。”

“啊，怎么会这样呢？”米娜觉得很不可思议。

“我们一向都是这样的，北极熊从来没有家庭观念，父母生下我们，教我们生存技能，等我们长大，他们尽完自己的义务后就会离开的。”

“所以你才这样独来独往的？”

“嗯，也不完全是这样，我是把自己放逐到这个地方来的，这里的生存环境比其他地方恶劣一些，所以才会看不到其他的北极熊。”

“究竟是为什么呢？我真挺好奇的。”

“没啥没啥，咱睡觉吧，我觉得有点困了。”我敷衍了两句，便侧着身子假装睡了，但我的脑海里却浮现起很多往昔的回忆。

三年前我决定从北极圈附近往北行进的时候恰是秋季，黑夜开始变得越来越长的时节。

北极圈附近的气温并没有这里这么冷，我生活的地方有很多同类，还有很多海豹，四周虽然有着不少纷扰，却是一片生机盎然的土地。

我一路向北独自行走了一个多月，没有目的地，只想行进到地球的最北端再停下来。然而直到我来到了北冰洋岸边，才发现自己永远也到不了那个地方，因为地球的最北端是一片汪洋，没有我的立足之地。

因此我最后选择定居在了这里，北冰洋沿岸的一个荒芜之地，只有靠冰面下偶尔游过的鱼群维生。为了抵御暴风雪和极夜的严寒，我自己搭起了一个简易的小冰屋，在这里开始了苦行一般的生活。

我从没计划过何时要离开这里，结束这种孤独和寂寞。我时常会想，也许我一辈子就待在这里了，因为虽然我没有理由留下，却也找不到更好的理由往南走。任何时候不做一件事情都比去做要来得容易得多，毕竟去做需要动机，这个动机有时候必须很强烈，才能达到摧毁你维持现状的决心的程度，尽管这个现状本身并不理想，甚至糟糕透顶。

然而这时候米娜的出现超出了我的预期范围，我不知道这对我是件好事还是坏事。虽然她的到来确实给我一向灰暗的生活增添了一抹亮色，但出于本能的自我保护，我尚未打算向她打开自己的心扉，至少不是现在。

我偷偷转过头看了一眼米娜，此刻她已经安静地睡着了，她睡着的样子像是一个天真无邪的孩子，嘴角挂着微笑。同样是一场漫长的旅行，我无端有些羡慕她的方式，虽然动机听起来很荒谬，但至少她的内心没有羁绊。

5

北极的日常生活是很无聊的，因此我和米娜在吃饭睡觉之余都必须找一些消遣来聊以自慰。

我一直以来的爱好是嚼冰块，之前一个人躺在屋子里的时候喜欢抠墙上的冰块来嚼，后来屋子有好几次差点被我给抠塌了，从此就再也不敢这么做了，后来只好经常到外面弄一整块冰来放在屋子里备着。

冰块其实并不好吃，不仅一点味道都没有，嚼多了以后还会牙疼，但是这种怪异的癖好莫名地让我上了瘾，以至于现在一天不嚼个四五次全身都不舒服。这说明其实有时候对一样东西依赖乃至成瘾并不需要什么理由，任何人都需要用一些有意义或毫无意义的事物来填满自己的生活，好让自己活得不那么焦虑。

米娜挺烦我这个爱好的，一方面觉得这很不健康，另一方面因为我总是把冰嚼得嘎吱嘎吱响，她感觉这个声音听起来瘆得慌。所以现在我只能找个角落小心翼翼地捂着嘴偷嚼，生怕把她惹毛了跳起来啄我的屁股。

而作为一个文艺女青年，米娜的爱好是画画，她会在晴朗的日子跑到屋外，在空旷平坦的雪地上用手画出各种各样的事物，虽然看起来有些笨拙，但是她总是画得很认真。

“这个是什么东西？”这天她在雪地上画画的时候，我走到她身边问她道。

“这个叫作椰子树，一种热带植物。”

“椰子树？”

“是呀，我在赤道附近的时候见过这种树，树上会结一种叫‘椰子’的果实，据说里面的果汁很好喝，但是我没喝过。”

“为啥呀？”

“这种树可高啦，我根本够不着，而且椰子硬邦邦的，就算掉下来也打不开。”米娜摇了摇头道。

“好吧，那这个怪物又是什么东西？”

“这个是狮子，你没见过吧？”

“狮子？”

“一种生活在热带草原上的动物，很凶猛的，差不多和你们北极熊一样大。”米娜拿手比画了一下道。

“嗯……我好像曾经听别人说过，但是似乎不长这个样子的啊。”我仔细端详了一下，然后指了指那只怪物头上的“王”字对她说道。

“喏，你自己没去过就不要瞎说，姐姐我可是路过那儿的呢。”

“我就不说你画的是什么了，你绘画的水平本身也值得商榷。”我摸了摸后脑勺对她说道。

“喂，你可以侮辱我的人格，但是不能怀疑我的能力。”

“那你画个我呗，我看看到底像不像。”

米娜歪着脑袋想了一下，然后对我说：“可以，我就给你画个真实比例的北极熊吧，不过麻烦你先在这里躺一下。”

她伸手指了指我面前的空地。

“你又要干吗？”我有些摸不着头脑。

“总得画个轮廓吧，你那么大只，我怕整体比例上掌握不好。”

于是我四仰八叉地躺在雪地里，她用手沿着我的身体在地上画了一个圈。

等她画好后我爬起来一看，不禁满脸的黑线，好像刚才从天上掉下来一只北极熊砸到了这里似的。

“哈哈哈，刚才这里死过一只北极熊。”米娜在一旁捧着肚子笑得很开心。

“别废话，赶紧画，我都替你描好边了。”

米娜走到脑袋的地方戳了两个点，又画了一条弧线，然后便告诉我大功告成了。

“哦，你大爷的，搞半天你就画个脸啊，这谁不会啊，我要画你比这还要快。”我对她摆了摆手道。

“噢，是吗？你来画一个给我看啊。”米娜在一旁抱着手显得很不屑。

趁她还没反应过来，我抱起她将她仰面扣在雪地里摁了一个印子，然后对她说：“你看，这样连脸都省得画了。”

于是我就被她追着打了一整天。

6

这些天我们每天做得最多的事情，就是在一起睡觉。一方面在这个荒凉的地方，除了吃饭睡觉以外也找不到别的什么消遣；另一方面在寒冷的极夜，睡觉可以很好地减少能量的消耗，这样我们就可以尽量推迟再次出去捉鱼的时间。

自从有了米娜，我睡觉确实老实多了，再也不敢随便翻身了，但她却似乎很不老实，时常睡着睡着就趴到了我的肚子上，或者钻到我的胳肢窝下面。

我经常在睡醒的时候问她："你的睡相实在是差得可以，你这么能折腾你家里人知道吗？"

她总会告诉我："因为你的身上实在是太暖和啦，我都把你当成被子了。"

虽然我表面上显得很不情愿，但每次看到她睡觉时候的样子，我就忍不住把她搂在怀里。她像所有南方的姑娘那样，有着娇小柔弱的身子，让人忍不住有想要保护的欲望。

今天睡醒的时候，我们照例躺着聊了一会儿天，然后起来一起吃鱼。

我往窗外望了望，发现天气不错，于是便提议吃完一起去外面的雪地上散散步。

没想到走到屋外，我们惊奇地发现远方晴朗的夜空中竟然有极光，米娜顿时表现得特别兴奋，在雪地上又跳又叫。

“我说米娜，南极的极光和北极有什么不同吗？”我在一旁用手摁住她道。

“没什么区别，除了发音上的，我们说‘极光’不卷舌头。”

“扯淡，我说‘极光’也不卷舌头。”

“哈哈，逗你玩儿呢。”

“既然都一样，那你在兴奋个什么劲儿呀？”

“在不同的地方看见相同的事物，也会有不同的心情啊，这正是旅行的意义，也是我想要来北极的原因。”

“唉，女文青的世界我不懂，我是觉得你要是现在在南极，那里一定很温暖，也总能看见阳光。说真的，我不太能理解你为什么放弃光明而选择来黑暗中等待。我总是很害怕极夜，这种无尽的黑暗让我感到孤独与绝望，等待光明是个痛苦的过程，有时候我甚至怀疑太阳究竟还会不会照常升起。”

“但是你没有一次是在白白等待，不是吗？有期待的日子终归是好的。”

“我不知道，或许自从她走了之后，我就更加害怕这种等待了。”

“大熊，虽然不知道在你身上究竟发生了什么，你真的不必用过去的事情来惩罚自己的，你应该学学我，出去看看外面的世界，你抱着你那些过去还能得到些什么呢？”

“我就是心里很沉重。”

“那就先试着让自己轻盈起来，过来，让我们一起在极光下翩翩起舞吧。”她跳到了前面的一片空地上，冲我招了招手。

“神经病啊，一只北极熊和一只企鹅在雪地上跳舞，听起来就像个冷笑话。”

“谁看到了啊，这周围连只骆驼都没有。”

我拗不过她，只好和她一起在雪地上跳起了舞。作为一只熊，我跳舞从来都是很豪放的，这对我来说更像是一种释放压力的方式。而她跳舞的样子却很美，像是为了诉说一个故事。那是我从来没有见过的舞步，她的小脚印在雪地上留下了一幅画，舒缓的线条勾勒出了属于另一个世界的风景。

也就是在这样一个时刻，我忽然觉得自己有些喜欢眼前这个小个子的南极姑娘。她轻盈欢快，却又像风那样捉摸不定。她总是无忧无虑，身上带着一股北极所没有的芬芳。

我想这大概就是所谓的南国气息吧，时常听见有人唱起那里的歌，说起那里的故事，但对我而言那里却一直是个神秘而遥远的地方。

然而此刻，虽然我从未到过那儿，却能够感受到属于那里的所有温柔。

7

今天在一起吃鱼的时候，米娜忽然问了我一个问题。

“话说大熊，你们北极熊平时真的都只吃鱼的吗？会不会吃不饱啊？”

“其实吧，我们还吃海豹的。”我挠了挠鼻子对她说道。

“哇，那你为什么只吃鱼呢？”

“这是一个复杂的问题，我以前生活的地方有很多海豹，我也时常会捕猎海豹吃，毕竟一只海豹能吃三天，抓几条鱼根本填不饱肚子。但后来我不喜欢这种血腥杀戮的方式了，这其实也是我到这里来的原因，这里没有其他的生物，适合我现在这样苦行的生活。”

“所以说……你其实也会吃企鹅的对吧？”米娜弱弱地看了我一眼道。

“嗯，如果能遇到的话，一般会养肥了再吃。”我一边说着一边把嘴里的鱼咬得嘎吱嘎吱响。

见米娜抱着鱼在那儿发呆，表情似乎真的有些害怕，我连忙笑着对她说，刚才只是跟她开个玩笑而已。

“其实在北极这种地方，如果食物缺乏，北极熊吃北极熊都是可能发生的。”我拍了拍她的脑袋道。

“这还真是不可思议呢，我从来就没听说过企鹅吃企鹅这种事情。”

“可能北极和南极的状况不太一样吧，北极是一个竞争更加激烈也更为残酷的世界，在这里血腥的杀戮和争斗每天都在上演，所有人都要遵循自然法则，只有更加无情的人才能生存下去。说实话，我会一个人到这里来，或许也是为了逃避这种东西吧。”

“嗯，看出来了，大熊你确实是只重感情的北极熊。”

“所以我怎么会吃你呢，对我而言，生活中有比吃更重要的东西，我一直在试图寻找它的意义……更何况你这么瘦，根本也不够吃呀。”我笑得很开心。

米娜长出了一口气，说她妈妈说得对，不要随便住在陌生人家里，幸好她遇到的是我，不然啥时候被吃了都不知道。

我白了她一眼道：“无论是谁，要吃你，何必麻烦把你带回家，那天把你捞出来的时候就已经吃掉啦。”

“你不是说可以养肥再吃吗？”米娜也白了我一眼道。

“喏，做人是要讲道理的好不好，你这几天吃掉的鱼都够我吃你多少次了，把你养肥似乎是有点不合算吧。”

“又或许一开始你是犹豫着要不要吃我，跟我相处久了，觉得我可爱又不想吃我了。”

“可爱和可口本身并不矛盾的哟。”我对她摆了摆手道。

“嗯……”

“好啦，你别纠结这个问题了，你要是不信任我，也不会跟我回家，不是吗？”

米娜歪着脑袋想了一下，觉得我说得有道理，她当时第一次看到一只北极熊，第一反应竟然不是害怕或者逃走，或许真的是对我有一种与生俱来的信任。

“其实有的时候大家的关系本来可以这样自然嘛，只是因为这样的环境，让大家不得不本能地自我保护呀。”

“大熊，我觉得你真有点像个哲学家，原来你之前用意念抓鱼的时候都在思考这些问题呢。”

“哪里哪里。”我有些不好意思地挠了挠头道。

“这不是在夸你，这只是形容神经病的另一种委婉的说法而已。”米娜认真地点了点头道。

8

米娜真的是一只非常爱干净的企鹅，无论天气多冷，每天睡觉前都要跳到冰窟窿里把自己弄湿，然后在雪地上把自己搓得干干净净。

自从她来了之后，我洗澡的次数也不得不被迫增加，用她的话说，就算她洗得干干净净，如果被子依然是脏的，那不还是等于白洗了嘛。

对于这样一种令人泪流满面的说法，我不置可否，我觉得只要不让我跳进水里抓鱼，每天都洗澡啊之类的我都可以接受，挨挨骂什么的我也认了。

为了防止背上好不容易长好的毛再被米娜这个变态的处女座女孩搓掉，我自己研究出了一套搓背的方式，那就是蹭墙。每次洗澡的时候，我都会跑到冰屋外头用后背来来回回蹭几下墙。经过实验，这个法子还挺好用的，米娜表扬说我的背这段时间真是越来越干净了，当然她并不知道我究竟是怎么做到的，只是偶尔抱怨说最近屋子经常莫名地在某些时刻晃得厉害。

其实两个人在一起生活，一开始最难的还是磨合，毕竟每个人的生活习惯不一样，难免会有很多的矛盾，而洗澡的问题只是其中一个很小的方面。

比如米娜特烦我这些日子睡得不规律。因为随着极夜的推移，时间观念会变得越来越模糊，而我常年一个人生活，习惯了随着自己的性子来，因此我这段时间经常几十个小时不睡，然后再睡十几个小时。然而自从我教会米娜看星空算时间之后，她却开始睡得越来越规律。

一旦她睡着了，我就没法再在屋子里弄出什么动静了，我要是敢嚼个冰块、偷偷蹭个墙什么的，她肯定要把墙角冻得硬邦邦的鱼丢到我的脑袋上，于是我只好溜到外头去瞎晃悠。

但后来她有些得寸进尺地表示，自己睡觉的时候希望被子也在，否则被子洗得那么干净又有什么用呢。

“我说，你把我当成被子我就认了，但是你不能老是对我这么多要求！”

“这又不难做到，到了睡觉的点就乖乖躺着，这是健康的生活方式。”

“但是生物钟哪有这么容易调的，我就是睡不着，你让我躺着干啥啊？”

“躺一会儿就困了，我给你讲故事。”

“好好好，讲讲讲……”

“我给你说说我从南极一路过来的见闻吧。”

“嗯，这个好。”我心想我从来也没听过米娜说她从南极到北极的传奇经历呢，便饶有兴致地躺在了她的旁边。

“那个，大概在两个月前，具体哪一天我忘了，反正是两个月之前，我到了一个地方，这个地方呢，我想想叫啥名字，好像是……那个……”

米娜念叨着念叨着，声音越来越小。

我扭头看了她一眼，见她脑袋慢慢有些歪了，便拿手戳了她一下，她一哆嗦就清醒了过来。

“嗯，刚说到哪儿了大熊？”

“哪儿也没到，你刚才说了那么久，就跟啥都没说一样。”

“噢噢，那我从头讲起啊，大概两个月前，具体哪一天我忘了，反正是两个月之前，我到了一个地方，这个地方呢，我想想叫啥名字……”

然后米娜又哼哼唧唧地睡着了。

我琢磨着这难道是什么自我催眠的咒语吗，为啥每次说到相同的地方就会忽然睡着啊？浑蛋！

见她似乎睡得挺香，我灵机一动，心想不如偷偷溜出去算了，于是便蹑手蹑脚地爬起身来，想要钻出屋子去。

“大熊你去哪儿？”米娜翻了个身，咂巴着嘴嘟哝了一句，把我给吓得一身冷汗。

见她似乎只是在意识模糊地说梦话，我本想继续往外钻，但回头看她一个人蜷在那里，似乎是有些冷，我叹了口气，又回来躺在了她的身边。

“盖好被子，别着凉了，晚安。”我抱住她轻轻对她说道。

9

米娜是个很健谈的姑娘，她不吃不睡的时候，嘴巴总是一刻也闲不住。

这些天她除了照例嘲笑我的口音，和我探讨南极和北极之间有什么差别，还总抱怨北极的鱼味道竟然是咸的，这是她这个南极甜鱼党所无法接受的。

我虽然有时候觉得她一直叽叽歪歪也挺烦的，但无论如何，总比我之前那些只能和自己说话的日子要舒服多了。毕竟熊也是需要交流的动物，我不得不说米娜的新鲜气息确实缓解了我长久以来的抑郁和苦闷，让我感到其实生活并没有想象中那么糟糕。

这天一觉醒来，我看了看外面的夜空，连忙摇醒身边还在熟睡的米娜。

“怎么啦？”米娜揉了揉惺忪的睡眼问我道。

“估计要来暴风雪了，我们得把小黑屋加固一下，然后把门封起来。”

于是我们连忙出门开始工作，我负责去岸边挖点结实的冰块回来，米娜则负责检查小冰屋的外头有没有什么缝隙，拿雪堵上拍实。忙活了几个小时，天上开始下起了大雪，风也越来越凛冽。

我和米娜钻进屋子后，我用刚才搬回来的冰块把门堵得严严实实的，于是屋子里顿时陷入了完全的黑暗之中。

我摸索着找了个靠墙的地方坐下来，然后把米娜放在自己的腿上。

“不错，我们还是蛮有效率的嘛，差点就赶不及了。”

“是啊，不过话说你是怎么知道要来暴风雪了呀？”米娜好奇地问我道。

“在极夜的时候，光凭着观察星空就能读懂很多东西，毕竟我在这里住了这么久，也摸出一些生存规律了。”

“那你以前遇到暴风雪的时候都是怎么过的？”

“也就是这样加固加固房子呗，然后躲在屋子里等暴风雪结束了再出去。”

“那你一个人待在小黑屋里大概会很害怕吧。”

“习惯了就还好，就是闷得慌。你们在南极遇到暴风雪都是怎么过的？”

“我们会在屋子里抱成一团取暖呀，然后大家一人说一个故事，暴风雪差不多就结束了。”

“噢。”我努力想象了一下那个画面，陷入了沉思。

“你们北极熊不这么做吗？”

“我之前说过，我们都是独来独往的，父母等你长大就离开你，虽然在之前生活的地方有不少同类，但生活中我们也很少交朋友。其实北极熊向来就不是喜欢群居的动物，我们虽然内心渴望沟通，但是彼此却只是在雪地上擦身而过，忙碌于各自的生活中。”

“为什么呢？”

“或许我们并没有需要彼此到如此强烈的地步吧，我们每个个体都有能力狩猎，也有足够的脂肪让自己保持温暖，因此我们不像你们企鹅会成天凑在一起，我们更多时候都只是为了各自的生存奔波而已。”

“所以听起来北极熊真是矫情的动物呢。”

“少来啦，你根本不懂作为一只北极熊的脆弱，哈哈……不过我的确挺羡慕你们的那种生活。”

“但其实作为企鹅，我们也有自己的苦恼呀。”

“嗯，说说吧，话说我一直都不知道你家里的情况呢。”

“我家里有七八个兄弟姐妹。”

“哇，那真的是一个大家庭呢。”

“是呀，所以他们可能还没发现我一个人偷偷跑出来了呢。”米娜笑道。

“你们住在什么地方呢？”

“我们会和其他的很多家庭共同生活在一个特定的区域，真的是非常拥挤而喧闹的生活。群居生活虽然表面上听起来热闹又有趣，但是成天和一群跟你长得一模一样的东西待在一起，做着一样的事情，难免也会找不到自己的存在感呀。”

“怎么说？”

“你想啊，为了合群，大家在吃饭的时候你也得吃饭，大家在睡觉的时候你也得睡觉，即使是游泳这么自由的事情，我们都要排着队一个个往水里跳，我觉得这实在是太愚蠢了。”

“所以这也是你独自出来旅行的理由？”

“是的呀，可以逃离那种生活，去做自己真正想要做的事情。”

“哈哈哈，我觉得我们俩都挺矛盾的嘛，不是吗？”

“生活嘛，就是一个不断逃离，最后发现自己回到原点的过程。有句话怎么说来着，旅行就是一群人去到另一群人活腻了的地方体验生活。”

我们俩就这么在黑暗中讨论着彼此的生活，不知过了多久，外面的风雪声好像越来越小了。

我把米娜放在身边，到门口挪开了一点冰块往外瞅了瞅，感觉暴风雪似乎就快要过去了。

“米娜，过一会儿就能出门了，第一次感觉时间过得这么快。”

“是呀，我觉得我们俩这种相处方式就挺好的，既不过分亲密，又不疏离。”

“你说北极熊和企鹅能在一起吗？”我笑着调侃道。

“可以，不过会是个很冷很冷的爱情故事。”

米娜在黑暗中调皮地戳了一下我的屁股。

CHAPTER 2

孤独的人总会相逢

10

暴风雪过后的天气变得很清爽，屋外的积雪也堆了不少，米娜非得拉我和她一起堆雪人玩儿。

其实对于北极熊来说，基本没有在下雪后堆雪人这种爱好，倒不是因为我们没有这种能力，而是这种奇怪的消遣方式和我们本身的气质显得有些格格不入。

米娜说她在南极的时候，作为一个文艺爱好者，除了平时在雪地上画画，还搞搞立体艺术，堆雪人就是一种很好的形式。

我心里默默地想，你丫不就是闲得慌吗，还说得这么冠冕堂皇的。

“大熊，你陪我玩儿吧。”米娜在一旁眼巴巴地望着我道。

“喏，你要玩儿到那边的空地自个玩儿去，我得清理一下门口的积雪，不然过两天就把门给堵了。”我指了指远处对她说道。

“好吧，那不管你了，我自己玩儿去了。”米娜哼了一声走掉了。

看着米娜的背影，我不禁感叹，果然一两只鱼就能喂饱的生物，生活中总是充满了浪漫主义的情怀啊。毕竟吃饱喝足之后，精神上的需求就开始变得迫切起来了，而我们这种总是需要为了自己的胃奔波的生物，思维方式永远是现实的。

我很努力地把门口的积雪堆成一个个雪球滚到远处去，米娜则在那边的空地上自顾自地堆雪人玩儿。忙了大半天，我终于把门前所有的积雪都清理完了，但当我坐在地上想休息一下的时候，却忽然发现米娜不见了。

“米娜，你去哪儿啦？”我在空地上大声喊着她的名字，却没有得到任何回应。

正觉得奇怪的时候，我无意间瞄到了被推到远处的几十个大大小小的雪球，心里不由得一惊，难道我刚才一不小心把米娜给推进其中的一个雪球里去了吗？

我连忙跑到雪球阵里，一边喊米娜的名字，一边挨个听里面有没有声音，过了好一会儿，我才听到一个模糊的求救声，但是不知道究竟是从哪个雪球里发出来的。

“米娜，是你吗？你在哪儿呢？”我焦急地问道。

“我也不知道啊，我被困在雪球里啦，你快救我出来。”米娜的声音听起来很弱，应该被困得很深。

“你别着急啊，我这就把你弄出来。”我安慰她道。

但是站在这几十个雪球中，我左顾右盼了一阵儿，顿时又犯了难，不知该从何下手。犹豫了片刻，我只好决定把所有的雪球都挨个扒开来，看她到底在不在里面。

这个过程比清理积雪还要让我欲哭无泪，因为一方面为了不误伤到米娜，我必须很小心地一点一点扒开一个个雪球，另一方面我又不敢扒得太过缓慢，怕时间久了把米娜闷死在里头。

扒了将近一半的雪球后，我实在是累得动不了了，只能无力地瘫倒在地上。我喊了喊米娜的名字，但她却没有了回应。

我心中既难过又内疚，一种绝望的冰冷贯穿全身，毕竟是我失手把米娜给弄进去的，如果她真的因此而死掉，那我真的一辈子也没法原谅自己了。

然而在这个时候，我却似乎听到了微弱的笑声。

正在纳闷，米娜从我身旁的雪地里钻了出来，笑得很开心。

“哈哈，大熊，让你不陪我玩儿，这下被我骗到了吧？本来想再过一会儿出来，但是把自己埋在雪里面实在太闷啦。”

我看着米娜安然无恙，心中顿时便释然了，但胸口却无端堵得难受。

“米娜，你不该和我开这种玩笑的。”我皱起眉头对她说道。

“怎么了大熊，你是不是生气了？对不起，我玩笑开得有点过了……”米娜可能是第一次看到我这样的表情，连忙收起笑容过来向我道歉。

我沉默着走回小屋子，米娜也一声不吭地跟在我身后。

在屋里坐下后，我对米娜说道：“我跟你说说我的故事吧。”

米娜点了点头，安静地坐在了我的面前望着我。

“三年前我和我的恋人生活在北极圈附近，我们很相爱，每天一起捕猎一起玩耍，过着平淡幸福的日子。然而有一天我和她一起散步的时候，大地猛烈地摇晃了起来，一开始我们还没有反应过来究竟发生了什么，直到脚下的冰川裂开了一条巨大的缝隙……”

“她掉下去了？”米娜瞪大了眼睛问道。

“不，一开始我抓住了她，然而我最终没能把她拉上来，剧烈的晃动过后我失手让她掉进了无底的深渊之中，而我也在那时失去了意识。醒来之后，我发现自己奇迹般地躺在冰川裂缝的边缘，侥幸生还，然而我却再也无法原谅自己。”说到这里，我有些心痛地摇了摇头。

“难怪你这么害怕黑暗。”

“是的，我只要一闭上眼睛，就会想起她掉进黑暗深渊那一刻的绝望。我当时原本有机会救她的，但我却没有抓住她，所以你并不懂得失去的痛苦。”

“对不起，我刚才不该那么跟你开玩笑的，大熊。”米娜过来摸了摸我道。

“没事。”

“但是，我却觉得那一切并不是你的过错，在那样的一个意外面前，你已经尽力了不是吗，没有人能够改变那样的结局的。”

“我不知道，可能我只是无法接受自己心爱的人就那样死在自己面前这个残酷的事实吧。我时常会想，如果我的反应再快一些，拉得再坚决一些，或者那天我们不走那条路，一切或许都会不一样，所以我选择来到这里，作为一种自我惩罚，也为了思考这些无法解释的困惑。”

“已经三年了大熊，我觉得就算是惩罚，也该到期限了。”

“或许吧，我只是在等一个机会离开这里。”

“你真的是只很好很好却让人忍不住心疼的北极熊。”米娜叹了口气，然后戳了一下我的屁股。

“你不必总用这种方式来安慰我，真的。”我把她抱起来放在肩膀上笑道。

她也会心一笑，然后拍了拍我的后脑勺。

11

因为码在墙角的鱼又吃得差不多了，我和米娜今天不得不一起出门抓鱼去。

一提到这个事情，米娜就显得非常不情愿，因为绝大多数的鱼都是我吃掉的，而抓鱼的主力反而是她。

出门前她躺在地上眯着眼睛假装睡着，无论我怎么喊她也喊不动，不过这种装死的手段是不能改变任何现状的，毕竟我只要直接把她抱起来就可以出门了，就像拿走一小包行李似的简单粗暴。

一路上米娜又跳又叫，说她终于明白了原来我不吃她是在做更长线的投资，她要通过反抗来谋求广大妇女同胞的解放，不想再当廉价劳动力了。

我对她说，你不要上升到这种高度，这不是一个男女平等的问题，而是基本生存问题。

她白了我一眼，说自己确实是被剥削了，自己创造的价值远远大于自己得到的价值，真是万恶的资本主义，北极熊都是道貌岸然的资本家。

“哎，好像我没说非得让你帮我抓鱼啊，我以前一个人慢慢抓能抓一整天，还不是你会等得不耐烦。”

“那你就一个人去抓一整天呀，干吗把我也给拎出来了呀！”

“嗯……把你一个人放在家里我不放心嘛，而且你一定也不放心我自己一个人出去抓鱼，对不对……好了好了，我知道你的心意啦，你不用说了。”我一把摁住米娜不让她反驳我。

走到上次的岸边后，我负责敲冰面、选址、挖洞，米娜则在一旁做起了广播体操，热热身。

“怎么样啦？怎么挖得这么慢？”过了一会儿，米娜过来问我道。

“我只是觉得有些奇怪，这里的冰面好像比以前薄了不少的样子。”

“嗯，这代表了什么含义吗？”

“不知道，我只是想起了一件事情……好了好了，快抓鱼吧，别扯那么多了。”我在地上挖好一个冰窟窿对米娜说道。

“你知道我最讨厌你哪两点吗？”米娜叉着腰问我道。

“什么？”

“第一，你总是把话说一半。”

“然后呢……”

没等我问完她就跳进了水里，溅了我一脸的水花。

过了一会儿，她幽幽地从水里探出脑袋来对我说道：“没有第二了，就是想让你体会体会这种感受。”

我黑着脸伸出一根手指又把她摁回了水里。

忙活了好一阵儿，抓完一摞新鲜的鱼后，我和米娜索性就坐在冰窟窿边吃起了便饭。

“话说，要不是怕麻烦，我真想每天都来抓新鲜的鱼吃。”我对米娜说道。

“是呀，鱼贮存久了难免冻得硬邦邦的，口感肯定没有这么好。”米娜也赞同地点点头。

“要是有什么办法每天都能吃到新鲜的鱼就好啦。”我把嘴里的鱼咽了下去，抹了抹嘴巴，觉得意犹未尽。

“大熊，其实我一直在想，我们是不是可以把抓来的鱼养起来。”

“养起来？”

“是呀，前两天你不是开玩笑说要把我养肥了再吃吗，我就想如果能把鱼养肥了再吃该有多好呀。”

“说是这么说，可是怎么养呀？我总不能在雪地上挖个池塘吧，这里除了冰面下，哪里的水都会结冰的。”

“你的冰屋里不是挺暖和嘛，我觉得如果我们可以做一个鱼缸放在屋子里，就可以把一些鱼养在里面啦，这样岂不是每天都有新鲜的鱼吃了？”

“哦，鱼缸？”

“是呀，你不是只很有想法的北极熊吗，这点问题应该难不倒你吧。”米娜冲我点了点头道。

“嗯……好吧，我慢慢想一想该怎么弄，这次就凑合吃吧，下次出来抓鱼之前我一定想办法弄出个鱼缸。”我对米娜笑道。

“你看，为了提高生活品质，总是要花点心思的嘛，苦行什么的我管不着，但是不要吃无意义的苦呀。精神上可以苦一些，生活上不要那么糙，对自己好一点嘛。”米娜拍了拍我的大腿说道。

“姐姐，你好像我妈啊。”我嘟囔了一句。

“但是感觉你还没长大啊，需要一个姐姐照顾。”米娜露出一个温柔的笑容。

12

今天一觉醒来，我数了数墙上的记号，米娜来到我这儿已经快一个月了。

自从上次捕鱼回来，我一直在研究制作鱼缸的可行性。起初我想过用石头来做，因为屋子的附近有一个小山坡，可以挖到一些大块的石头，但是因为没法用其他东西来加工坚硬的石头，最后还是放弃了这个想法。

后来我心想不如就地取材，就用大块的冰来掏一个鱼缸好了，但是冰虽然容易加工，却也容易碎，我经常拿着小石块在那里小心翼翼地凿着，但还是把整块冰给凿裂了。

“怎么样啦，能行吗？”在我进行研究工作的时候，米娜经常会跑来坐在旁边看。

“理论上是行得通，但是操作起来难度太大。”我摇了摇头道。

“是不是你动手能力不行呀。”

“喂，你看这冰屋是怎么盖起来的，在动手能力方面，我已经是北极熊进化史中的奇迹了。”我指了指天花板得意地对米娜说道。

“那怎么办呀，难道就这样放弃吗，以后我们只能天天吃冻鱼？”米娜露出了沮丧的表情。

“不，我想我们只是需要一块更加坚硬的冰。”

“更加坚硬的冰？冰怎么还有区别的呢？”

“你知道吗，其实我建这个冰屋时用的冰不是从岸边搬回来的浮冰，而是冰川冰。冰川冰是常年挤压形成的，里面没有什么缝隙，不像浮冰里有那么多小孔，所以硬度是有保证的。”

“这附近还有冰川？”

“有，一个很大的冰川带，不过离这儿有点远，翻过那个小山坡一直往前走，来回得半天时间。”

“咦？那你当初是怎么把这么多冰川冰运回来的？”米娜觉得很奇怪。

“一点一点搬呗，反正我有的是时间，你从我抓鱼的方式就知道我耐性好得很。我当时花了一个多月时间才把那么多用来盖屋子的冰川冰给弄回来的，真是累死我了。”

“这么久啊，那冰屋没建好的时候你岂不是天天睡在雪地里啦？”

“没有啦，冰川附近有一些山洞，我当时住在那儿来着。”

“那你索性就住在山洞里好啦，为什么非得在这个地方建一个屋子？”

“首先呢，山洞里没有冰屋子里暖和；其次呢，山洞里黑乎乎的什么也看不见，住久了会住出精神病的；最后呢，我还是希望有一个自己的小屋子，住起来像是个家。”

“我觉得有家人的地方才叫作家，无论住在什么地方。”米娜认真地点点头道。

我沉默了一会儿，然后对她说：“我现在不想讨论这个问题，我准备去冰川那儿看看。”

“现在就去吗？外面这黑乎乎的没问题吗？”

“不然呢，等天亮吗？现在可是极夜，啥时候去不都一样的。”

“好吧，我们走吧。”米娜起身道。

“你和我一起去啊？”

“是啊，咱不都是一起行动的吗？”米娜冲我眨了眨眼睛道。

“这个嘛，抓鱼你好歹能派得上用场，搬冰块你就别去添乱了。”

“你之前不是说带我去抓鱼是因为不放心我一个人在家里吗，现在终于说实话了！”米娜冲我瞪着眼睛道。

“好啦好啦，怕了你了，一起去就是了，一个人走那么长的夜路还是挺无聊的，你一个人在家里待着也无聊。”

“喏，我可是真的担心你的安全呢。”米娜戳了戳我的屁股道。

我笑着拍了拍她的脑袋，便起身钻出了冰屋。过了好一会儿，米娜才从屋子里出来，手上抱着一只冻鱼。

“干吗呢你？”我问她道。

“带点干粮啊，听你说这么远，我怕路上饿了。”

“这不够吃吧。”

“我又没说给你带的，这够我吃一顿的了。”米娜抱着鱼扭过身子，冲我吐了吐舌头。

这是米娜自打来我这儿以来第一次和我出那么远的门，她显得很兴奋，一路抱着鱼蹦蹦跳跳的，说就跟春游似的。

“你知道吗，在北极圈以南和南极圈以北的地方，大家在春天和秋天都会带着吃的东西出去玩儿。那里的春天和秋天都可美啦，不像北极、南极这俩破地方，一年四季就只有‘冷’和‘没那么冷’这两种区别。”米娜对我说道。

“但是这儿有极光呀，而且这儿的星空特别明亮，不是吗？生活总不可能十全十美的嘛，得到一些终归要失去一些。”

“哟，大熊，你今天怎么忽然变得这么乐观起来啦，不像你一贯的风格啊？”米娜笑道。

“不瞒你说，自从上次和你聊过之后，我心情好了不少。”

“这就对了嘛，开心一点。我敢打赌你的人生正处于触底反弹的阶段，你看我们很快就要有一个鱼缸啦，再也不用吃这种硬邦邦的东西了。”米娜晃了晃手中的冻鱼道。

我们就这样一边聊一边走着，不知过了多久终于到了冰川带附近，绵延的冰川在月色下显得壮丽而神秘，不知是出于一种赞叹还是敬畏的心情，我和米娜望着它都不由得倒吸了一口凉气。

“啧啧，说真的，真是太美了。”在原地注目这个奇观很久后，米娜才缓缓对我说道。

“嗯，这是这附近最大的一个冰川带了，不过好像规模不如以前那么大了。”

“怎么回事，是不是走错了？”

“不可能，我方向感还是可以的，我想大概是融化了吧，这些年北极温度上升了不少。”

说罢我走上前去，想找找附近有没有什么因碎裂而落下的大块冰川冰可以用。

我耐心地查看着每一块冰川冰的质地，却一直没有找到合适的，米娜则坐在远处吃着带来的干粮，一副悠然自得的样子。

过了一会儿，正当我聚精会神地蹲在地上敲打一块突出来的冰川冰时，米娜忽然喊我道：“大熊，你有没有听到什么声音？”

“没有，不要大惊小怪的。”我冲她摆了摆手，示意她我正忙着。

“不是，我认真的，你仔细听。”

我停下手中的活，屏住呼吸竖起耳朵试着去听，但还是什么也没有听到。

“我说米娜，你是不是耳朵里进虫子了，你这样神经兮兮的，搞得我也很慌张。”我瞪了她一眼道。

话音刚落，我便听到身旁的冰川里传来一声响动，像是之前嚼冰块时从嘴里发出的“嘎吱”声。

我心里一紧，下意识地往后退了两步，然后趴在地上把耳朵紧紧贴在地面上。

“怎么样，我说得没错吧？这到底是什么声音呀？”米娜走过来问我道。

没等她说完，我起身抓起她就往后跑，身后顿时传来了一声沉闷的巨响。我带着米娜没命地向前狂奔了好远，回头看刚才站着的地方已经被从冰川上掉下的冰块掩埋了。

伴随着地动山摇、碎裂的声响以及漫天的烟尘，我和米娜跑到了旁边一个山头上。我们在那里胆战心惊地趴了很久，周围的一切才渐渐平静下来，只见冰川带间形成了一条巨大的裂缝，一直蔓延到视线所不能及的大地的另一头。

“我的妈呀，刚才真是太险了，差点就没命了！大熊你怎么知道有危险的？”米娜拍着胸口显得惊魂未定。

“我好歹也是经历过这个的，三年前我也听到过相同的声音，当时并不知道这意味着什么，不然她也不会死了。”我叹了口气道。

“这也太凑巧了吧，为什么偏偏我们来的时候它裂开了？”

“其实也不是什么巧合吧，这种事情和雪崩一样都是慢慢积累，然后瞬间爆发的。你看冰川融化得这么厉害，我估计这个地方早就已经岌岌可危了，只是因为很久都没有人来过了，所以还勉强保持着平衡。我们今天突然过来翻来动去，又大吼大叫的，肯定会引发连锁反应了。”

“嗯，你好专业，比我地理老师强多了。”

“这叫经验好吧。其实我早有预感，你记得上次我们去抓鱼的时候吗，我跟你说岸边的冰好像薄了不少，当时觉得好像在哪里见过这种情况，现在想想当年冰川碎裂前岸边的冰也是变得越来越薄。”

“感谢你的经验救了我们一命，不过我们现在怎么办？”米娜问道。

“还能怎么办，做鱼缸的事情就先放放吧，死里逃生后难免有点累了，我们先回去再说。”

13

走在回家的路上，我和米娜发现了一个严重的问题，裂缝似乎通往的正是我们来时的方向。

“大熊，我感觉这裂缝会从我们家门口路过。”米娜很凝重地对我说道。

“你你你闭嘴……我感觉你这乌鸦嘴似乎真的是有点灵啊。”我在一旁摁住她不让她说话。

但事实上生活真的就是怕什么来什么，当我们急匆匆赶到家门口的时候，发现小冰屋已经找不到了，一条扎眼的裂缝无情而又如此巧合地从原来冰屋所在的位置完美穿过。

“啊啊啊啊啊……我辛辛苦苦抓来的鱼啊！”米娜冲裂缝里望了一眼，然后扑倒在地上悲痛地喊了起来。

我在一旁有些尴尬地戳了她一下，告诉她："好像是有点轻重不分了吧，我辛辛苦苦搭起来的冰屋都没了，你竟然在那里哭你的鱼。"

米娜哽咽着说："虽然好像的确是喊得有点不合时宜，但冰屋是你盖的，鱼是我抓的。"

"大熊，你怎么不哭啊，如果觉得难过你可以哭的，真的。"米娜在一旁抹着眼泪对我说道。

"嗯，说真的，在这样一个时刻我反而不觉得难过了，我只是觉得好讽刺啊，刚才谁说我的人生已经开始触底反弹的啊，明明依然悲剧得很。"我挤出一个笑容拍了拍她的脑袋。

"喏，大熊你这样说就不对了，你看你今天其实两次死里逃生了，假如我们今天没有去冰川那儿，而是在冰屋里睡觉，很可能也掉下去了，不是吗？"米娜吸了一下鼻子道。

"喂，那个，如果我们不去冰川，冰川应该也不会裂开吧。"

"反正……我觉得它今天能裂成这个鬼样子，那裂开岂不是早晚的事情，总之我们现在还活得好好的，就是我们的运气啊。”

“好吧，现在我也不纠结这个冰屋的事情了，只是我们现在住哪儿啊，再建一个冰屋不太现实，太花时间和精力了，而且现在连冰川冰都没有了。”

“你说你之前不是住山洞的吗，我们去冰川带附近看看有没有山洞，先暂时住着呗。”

“可是现在是极夜，山洞里黑乎乎的根本什么也看不见啊。”

“那也不能睡在雪地里啊，万一暴风雪来了呢？”

“唉，好吧，真是一个鱼缸引发的惨剧啊，现在别说什么鱼缸了，鱼和房子都没有了。”我叹了口气，努力做了一个悲伤的表情。

第二次走在这条去往冰川的路上，我和米娜没有了第一次那种春游般的好心情，都耷拉着脑袋，显得垂头丧气的。我对米娜说：“看来生活还真是得到一些就会失去一些，自从你这个小灾星来我这儿后，我还真是失去了不少东西。”

米娜白了我一眼说：“除了今天掉进冰缝里的冰屋子，之前也就搓掉了你几撮毛而已。”

“可我失去的是我宁静的生活啊。”我仰天长叹道。

“我那是带走了你的孤单，还改善了你的生活品质。”

“改善个鬼，本来虽然住得差点，但温饱还是有保障的，现在彻底变成流浪汉了。”

“喏，今天这个事情是天灾人祸，你不能怪在我头上。”

“哼，我挺迷信的，我总感觉你要是不来北极，这一切都不会发生，一定是你这个外来物种破坏了北极的生态平衡，这叫生物入侵，懂吗？生物入侵！”

“生物入侵你个鬼，你生物老师死得早，你这是排外，地域歧视，看不起外地人。”米娜愤愤地说道。

我们俩就这样你一言我一语地吵了一路，又回到了冰川带附近。

“唉，说真的，来来回回折腾了几趟，我肚子有点饿了。”我对米娜说道。

“我还好啦其实。”米娜摸了摸肚子道。

“你闭嘴，你刚才可是吃了干粮的。”

“谁让你自己出门不带吃的。”米娜显得很不屑。

“我是想回去再吃的啊，我带两只鱼出门也不够吃的啊，可是谁知道屋子就这样没了啊！浑蛋！”我绝望地喊了三个“啊”，来表达自己此刻激动的情绪。

“好吧，这附近有地方抓鱼吗？”

“不知道，得去找找，但我们现在当务之急还是先挑个可以住的山洞。”

我很认真地对米娜说，挑山洞其实是很有讲究的，在北极并不是所有山洞都可以住的，有的山洞里面结满了冰，比外面还要冷，睡在里面会被冻成大冰块的，有的山洞却很温暖，还能找到流动的水喝。

“那怎么判断哪个山洞是冷的，哪个山洞是不冷的？”米娜问我道。

“一般选洞口小的，洞口太大风容易进去，里面肯定冷，但是洞口小的有一个很大的问题，里面的空间也可能很小，我们根本住不了。”

“不是‘我们’，是‘你’，我的要求能有多高哇，你要是再瘦点就好了，我们就不用挑那么大的山洞住了。”米娜叹了口气道。

在远离裂缝带的山脚处，我们终于找到了一排大大小小山洞的入口。站在这里，不免让我回想起自己当年住在阴冷小黑洞里的那段日子，不禁怆然泪下，心想这真是辛辛苦苦两三年，一夜回到解放前。

“怎么啦？”见我站着发呆，米娜奇怪地问我道。

“没什么，唉，说真的，我实在不愿意在晚上来探山洞，黑了吧唧的什么也看不见，可是现在偏偏是极夜，白天还要等好几个月才来，真是揪心啊。”

“那怎么办？”

“先来个投石问路吧，我们肯定不能以身探洞，不然如果有什么危险，怎么死的都不知道，先往每个山洞里都丢一块石头看看。”

我在地上捡了块小石子，用力丢进了最左边的一个洞里，从里面传来了几声清脆的回响。

“怎么样？”米娜问道。

“从声音上判断，这个洞很深，但是越往里面空间越小，没法住。”

说完我又捡了块石子丢进了旁边的一个洞里，这次米娜也学着我竖起耳朵认真听了听。

“这次的声音没有上次回响那么大了。”

“嗯，是个浅洞，不防寒，遇到暴风雪要冻死在里头。”

接着我又朝一个山洞里扔了一块石子，这次索性连声音都没有了。

米娜问：“这个洞怎么样？”

我黑着脸对她说：“这显然是个无底洞，你进去就别想出来了。”

我们就这样折腾了半天，也没选到一个合适的山洞，倒是一直捡石子扔石子把我累得够呛，而米娜在一旁看热闹倒是开心得很。她觉得挑山洞的这个过程本身还是挺有趣的，于是一直嚷嚷着她也要扔一次试试看。

“喏，我感觉可能是你今天的运气不好。”

“废话，我运气好，我的屋子还能掉冰缝里去？！”我白了她一眼道。

“所以呢，还是让我选一个吧。”

“随你，反正我是不想再扔了，胳膊疼得要命。”我一屁股坐在地上想要歇一会儿。

只见米娜从地上捡了一块小石子，瞄准右边的一个洞口猛地丢了过去，但是她的准头好像出了点问题，石子打在洞口边缘弹了回来，正好砸在我的脑袋上，顿时把我砸得眼冒金星。

“啊，对不起大熊，没把你砸晕吧？”米娜连忙跑过来摸着我的大腿关切地问道。

“没事，我已经习惯了，但是我的包在脑袋上，你摸我大腿干什么？”我晃了晃脑袋，有气无力地对她说道。

“我不是够不着嘛，只好象征性地安慰你一下了。”

“你这个笨蛋啊，扔个石头都扔不准，这么大的洞口，我觉得扔不进去比扔进去还要难一点！”

我捡起刚才那块砸在我脑袋上的石子，丢进了米娜挑的洞里，只听见噼里啪啦几声脆响后竟然传来了“咕咚”的一声。

“嗯？我是不是被你砸完产生幻觉了，我怎么好像听到石子掉进水里的声音？”

“不不不，绝对不是，我也听到了，可是话说你刚才不是说有些山洞里可能会有流动的水喝吗？”

“流动的水一般是在洞壁上的，那是从山上流下来的融冰啊，我刚才听到的好像是石头掉进水池里的声音，山洞里怎么会有水池啊？”

“嗯，我听着也像是个水池。”

“不可能的吧，走走走，我们进去看看去。”我起身拉着米娜走向了那个山洞。

刚进山洞的时候我们并没有发现它有什么特别之处，然而摸黑走了一段路后，竟然可以看见前方微弱的光亮。

伴随着好奇、兴奋以及些许的忐忑不安，我和米娜走到了洞的最深处，之后便被眼前呈现的景象惊呆了。这个宽敞的天然的洞穴内部竟然有一个小水池，而且洞穴的上方有一个自然形成的小天井，抬起头来可以看到夜空，这也是为什么原本应该伸手不见五指的洞里会有光亮。

“我的天，这里简直太美了，不仅有水，还有天井，你看从夜空中照下来的一束光正好洒在这个水池上！”米娜兴奋地说道。

“好奇怪啊，我从来没有见过这样的山洞，天井的确可能是自然形成的，但是这些水究竟是从哪里来的呢，看起来不像是积水啊，这么清澈。”我趴在池子边上用手搅动了一下池子中的水。

“啊呀，管他那么多呢，我们就住在这里吧，这里有水还有光，真是无可挑剔！”米娜拍着手开心地对我说道。

“嗯，这里的确挺暖和的，虽然上面有个天井，但是下雪的话雪花应该都会落在水池里，但是……”

“而且我可以天天在这里洗澡！”还没等我拦住她，米娜就一头扎进了池子里，又溅了我一脸一身的水花。

“啊喂，你等我把话说完啊，我觉得这个水的来源很奇怪……”见米娜已经埋进了水里，我只好撇了撇嘴把话给咽了回去。

然而在岸边等了一会儿后，米娜还没有浮上来的意思，这不禁让我有些紧张，心想她是不是又在跟我开玩笑，还是真出了什么岔子。我有些想要跳进水中的冲动，但水下的未知和黑暗却让我望而却步，随着时间的推移，我开始变得焦躁不安、手足无措。

不知过了多久，米娜终于从水池里钻了出来，我见她安然无恙，这才长舒了一口气。

“米娜啊，你在搞什么啊，要不要每次都让我这么提心吊胆的。”我有些生气地埋怨她道。

“大熊，你看这是什么？”米娜从水里举起了一条新鲜的鱼。

“我的天，这池子里竟然还有鱼？”我惊讶地张大了嘴巴。

“我刚才想看看这池子究竟有多深，于是就一直往下潜，但是怎么也到不了底，看下面实在太黑，就放弃了，可是上浮的时候我发现池里有好多鱼，就顺便抓了一条上来。”

我拿过米娜的鱼直接放进嘴里嚼了起来。

“喂，贪吃鬼，想吃自己抓去！”米娜冲我喊道。

“不是，我尝尝这鱼是什么鱼，这样才知道这水是从哪儿来的啊。”

“啊？”

“嗯……这是海鱼，也就是说这水是从海里流过来的，真是不可思议，这里距离岸边有好长一段距离啊。”我擦了擦嘴巴对米娜说道。

“会不会是刚才那条冰川裂缝的产物呀？”

“很有可能。”我点点头道。

“大熊，你看我们这下每天都能吃到新鲜的鱼了，你看虽然鱼缸没做成，我们却有了一个这么大的天然鱼池。”

“唉，生活还真是狗血啊。”

“你看吧，我就说嘛，生活中失去一些就会得到一些，你失去了你的小冰屋，却得到了一个新家，还是个带天井和鱼池的新家。”

“喂，这话好像是我说的啊……不过不管怎样，看来终于是有点触底反弹的迹象了。”我笑道。

“那你之后还考虑盖个新的小冰屋吗，还是就住在这儿啦？”

“如果没什么问题的话，当然就住这儿好了，我实在是懒得再去盖一个冰屋啦。”

“你不是说，有一个自己的屋子，住起来更像是个家吗？”

“用你的话说，无论住在什么地方，有家人的地方才叫作家呀。”我摸了摸米娜的脑袋道。

14

因为疲惫，我和米娜在洞里睡了很久，但一觉醒来却不知是什么时间，因为天井很小，只能看到一小片夜空，根本没法看北极星的位置。

我看着身旁睡得正香甜的米娜，她翻了个身，嘴角露出了满足的笑容，应该是正在什么美好的梦境中，忽然我意识到一个严重的问题，那就是我没法计算极夜的天数了。之前我把每一天的流逝都记录在小冰屋的墙壁上，小冰屋没了以后，在外面奔波劳累了一阵，这一觉又睡了不知多久，这下时间概念彻底混乱了。

其实对于绝大多数北极生物来说，他们并不会对时间有着如此偏执的狂热，没人会在乎一天有多长，极夜还有几天结束，他们只关心自己的主观感受，饿了就吃，困了就睡，昼夜的更替、时间的流逝对于他们来说都是没有任何意义的。

然而对我而言，我习惯于在时间上寻找安全感，当我学会如何计算时间后，我便再没有停止过，因为我渐渐发现时间是这个世界上流失得最快的一样事物了。当我不去关注它的时候，它会在不经意间带走太多的事物，从出生到长大、父母的离开，再到遇见她、她离开我、我离开家来到这里，一切的一切都发生得如此迅速，无法把握也无法逃离。因此我后来以记录时间的方式来谨慎地生活着，好让自己对于一切失去都不至于那么后知后觉。

米娜醒来后发现我若有所思地坐在旁边，便问我究竟是怎么了，我告诉她因为忽然失去了时间概念，现在我感到有些恐慌。

“我觉得可能因为你过于敏感吧，所以才会这么患得患失。”米娜对我说道。

“或许是吧，我之前看身边的那些北极熊，总觉得他们活得那么浑浑噩噩，自己能够有复杂的情感、清晰的逻辑，感觉自己很了不得。后来发现其实懂得越多，越容易陷入一种孤独之中，于是渐渐明白活得简单一些甚至无情一些有时候并不是一件坏事。”

“嗨，咱们都是一样的，我在同伴当中不也是个异类，你见哪只企鹅闲着没事干从南极跑来北极看日出的。如果你生来就是个不合群的人，何必要用世俗的标准来要求自己呢，你要相信，孤独的人总会相逢的，就像我们一样。”

我靠在墙上，看着来自夜空的光亮照耀在平静的水池上，星星点点的雪花缓缓旋转着从天井飘落，陷入了深思。米娜在一旁静静地陪伴着我，时间和空间仿佛都在这一刻凝固了一般，一切都是如此地静谧而美好。

一起吃完从池中捞出的新鲜活鱼后，米娜和我决定出去走走。钻出了洞口之后，我们一眼就望见了冰川带的大裂缝。米娜问我这个裂缝会不会越裂越大，最后把这个地方变成两块分离的陆地。

“这个嘛，也不是不可能，但是应该需要很长很长的时间吧，虽然想象起来很壮观，但是估计咱们都没有机会活着见到这一幕。”

“你知道吗大熊，说到这个，我想或许这是我这辈子最后一次来北极，我一路上去过那么那么多的地方，可能也都是最后一次去了呢。”

“是啊，你回去以后，我们也不知道会不会再见面。”

说到这里，大家忽然有些伤感，于是便陷入了短暂的沉默之中。

“好啦，这么早说这些干吗，极夜不是还没过去吗，咱们就好好珍惜剩下的日子吧。话说这趟北极真没白来，住过小冰屋，经历过冰川断裂，待过这么美的山洞，还睡过北极熊。”米娜如数家珍似的说道。

“咳咳咳，注意你的言辞，什么‘睡’过北极熊，是和北极熊一起睡过，这个地方不适合缩略表达。”

“好嘛，话虽如此，但是我回去以后还是一定要和朋友们炫耀炫耀，说我在北极收养了一只北极熊当宠物。”

“这……哪有你这样吹牛的。”

“你见过谁出门旅行回来不吹牛的嘛，不然怎么让人家仰视你。除此之外，我还要告诉他们我在北极收养了一只海豹。”米娜认真地点点头道。

15

在山洞里住了一些日子后，生活开始变得单调起来。

这里的条件的确很不错，不仅宽敞，而且随时都有新鲜的鱼可以吃，但或许正是因为这种便捷，反而让生活失去了不少乐趣。

我时常想，有时候自己还真是贱啊，住在小冰屋的时候觉得抓鱼是一种负担，在山洞里反而觉得天天有鱼吃的日子没有盼头了。

然而事实证明，抱怨生活太无聊永远是多余的担心，这天睡觉的时候，果然发生了一件令人匪夷所思的事情。

自从住进山洞以后，因为空间比较大，也没有那么冷了，我和米娜就不再睡得那么近了，然而我今天在半梦半醒之间，却感到怀底下似乎有一个暖乎乎软绵绵的东西。一开始我以为是米娜，但是摸了一下却是长条状圆柱体的，顿时便把我给吓清醒了。

我跳起来定睛一看，竟然是一只白色的小海豹，还抬头冲我“嗷嗷”叫了两声。

我连忙戳醒米娜，她显然也吃了一惊，但很快就变成了喜出望外，说自己真是想什么就来什么。

“啊呀，他好可爱啊，好像才一两岁的样子呢，你说他是从哪里来的呢？”米娜上去摸了摸这只在地上扭来扭去的小海豹道。

我指了指池子说：“肯定是从里面爬出来的啊，这个池子还真是个百宝箱，就算哪天忽然钻出一只狮子来，我也不觉得奇怪了。”

“你说他为什么会跑到这里来，这附近不是没有海豹吗？”

“我也不知道，大概是迷路后游到这里来的吧，看来这个池子底下一直连通到很远的地方。”小海豹抬头望了望我，“嗷嗷”叫了两声，好像是表示赞同。

“那我们现在怎么办呀？”米娜一边逗着小海豹

一边问我道。

“嗯……”我迟疑了一下，觉得有些为难。

“喂，你不会是想把他吃掉吧，我告诉你噢，你要是敢吃他，我就吃了你！”米娜很严肃地对我说道。

“你想太多了，我说过我已经很久不吃海豹了，我在想是不是把他放回池里去。”

“为什么？”

“你难道真的要收养他啊！”我瞪着眼睛对米娜说道。

“不然呢，你也说这个地方应该是没有海豹的，所以这个小家伙一定是历经了千辛万苦才游到这个地方来的，我们要是又把他丢回去，他还能去哪儿啊，他还这么小，一定会死掉的。”

“唉，米娜啊米娜，你还真是乌鸦嘴，最近的生活因为你这张嘴，真是状况不断啊。”我捂着脸做了一个悲伤的姿势。

于是我们就收养起了这只年幼的小海豹，米娜每天负责抓一些小鱼小虾给他吃，我则负责看着他哄他睡觉，原本的二人世界俨然变成了一个三口之家，三种完全不同的生物凑在一起组成了一个奇怪的家庭。

我对米娜说我对生活感到绝望，我还没有对象，却已然先当起了爹，在没有享受到任何权利的情况下，却不得不履行起了义务，这是一件非常不公平的事情。

米娜却显得不以为然，她觉得生活这么无聊，找点事情做也未尝不可，总比每天混吃等死强，极夜还有那么长时间才能过去，不能每天吃了睡睡了吃吧。

不过这个毛茸茸的小家伙长得倒是真可爱，也听话得很，除了每天在地上爬来爬去，“嗷嗷”叫着，也不会惹什么麻烦，米娜则一路追在他屁股后面，像个保姆似的。

让人觉得很喜感的是，米娜的身材其实和这只小海豹差不多大，很多时候米娜给他喂吃的，都有种十分明显的违和感。

这天趁小海豹睡着了，米娜对我说：“不如我们给他起个名字吧。”

“起名字？”

“是啊，我们总不能一直叫他‘小海豹’吧。”

“我可没有叫他‘小海豹’，我一直都叫他‘小家伙’。”

“我不管，反正我得给他起个好听的名字，我可是他的干妈，我不能让他没有名字。”

我哭笑不得地说：“还干妈咧，你这倒是自封得挺快的，我可没真的承认我是他干爹，这个名字还是你给起吧。”

“嗯……他这么白，不如叫小白吧。”米娜歪着脑袋想了一下，然后说道。

“这个好像是另外一种生物的名字吧。”

“那就叫小小白。”

“你怎么就这么跟‘白’字较劲呢，我也是白的啊，我也没叫‘大白’啊。”

“等你老了，你就是大伯了。”

“你少跟我咬文嚼字的。”

“喏，你又不起名字，凭什么推翻我给起的名字啊，你觉得不好你给起一个啊。”米娜露出了一种鄙夷的神情道。

“好吧好吧，随你，小小白就小小白。”

一旁的小小白在梦里“嗷嗷”叫了两声，好像是表示满意。

16

自从生活里多了一个小小白，我和米娜开始变得有事可做了。

米娜现在每天都抱着他睡觉，两只圆乎乎的生物黏在一起，远看像极了一个大面团。而我则在米娜每次去抓鱼的时候抱着小小白跟他说话，虽然他什么也听不懂。

我时常想，会不会是因为之前吃了太多的海豹，所以上天选择用这种方式来惩罚我，抑或是说救赎我，北极熊可是连自己的亲生骨肉都不怎么照顾的生物啊，而我现在竟然在照顾我的食物。

小小白因为年纪太小，所以对北极熊也没有什么本能的恐惧感，很多时候他还真把我当成亲人了，我一抱起他，他就拼命想往我胸口钻。

“那个，米娜啊，这小家伙好像是想吃奶的样子啊。”

“是啊，毕竟他是哺乳动物啊。”

“但是我没有啊，虽然我也是哺乳动物。”

“你不要看我，我更没有，虽然我是个姑娘，但姐姐我是只鸟。”

“所以我想他还是需要一个真正的妈妈。”

“或许是吧。”米娜忽然陷入了沉思中。

“你知道吗米娜，这些天我一直都在想一个问题，我们收养小小白毕竟不是长久之计。”

“怎么说？”

“虽然他还小，但是他总有一天是要长大的，一旦他长大了，就肯定要回归属于他的圈子，他是不能跟着北极熊还有企鹅长大的，这对他的成长很不利。”

“这倒是，一些生存技能什么的我们还真教不了他。”

“而且最大的问题是，你过俩月就要回南极了啊，你是让他跟你走还是留下来跟我啊，我反正是不想当单亲爸爸啊，压力太大了，而且名声多不好听。”

"我也不可能把他带回家啊，我一个姑娘，出来玩一趟结果带了个孩子回去，我妈妈肯定要打断我的腿。"

我俩相视了一下，顿时陷入了沉默之中。

"嗯，我们还是要把他送回去的，他妈妈现在一定很着急。"我对米娜说道。

"是啊，虽然我挺舍不得小小白的，他真的好白好可爱啊。"米娜上去抱着小小白，显得依依不舍。

"那我们什么时候出发？"

"去哪儿？"

"送他回家啊。"

"怎么送，朝哪儿送？"

"当然是护送啊，我们总不能让他自己走吧。具体方向的话，就径直往南走吧，他肯定是从南边来的，看他的品种，他们种群应该生活在我故乡的附近。"

"可我们才刚刚找到这个住起来挺舒服的山洞，又要出去奔波啦。"

"有什么办法，那我把他吃掉好了。"

“你敢！”

“所以呢，这就是生活啊，我们也总不能把他丢回池子里假装他没有出现过吧，我觉得我这辈子注定就是个劳碌命咯，没有享福的机会。”我摇了摇头道。

于是在山洞生活还没开始多少日子的时候，我和米娜因为这只小海豹，又筹划起了南行的旅途。事实上自从来到这儿三年以来，我从来都没有再向南走过，因此此刻我的内心充满了忐忑，不知道这趟计划外的旅途中会发生些什么，也不知道当自己回到阔别多年的故乡会是怎样的一种心情。

“对了大熊，我们这一趟来回得花多长时间？”米娜问我道。

“大概两个月吧，怎么了？”

“你忘啦，我这次来北极就是想看日出的啊。”

“南边也有日出啊，而且极夜结束得更早。”

“北极圈附近就不算是真正的北极了好吧，咱们得快去快回，最好趁着极夜结束前，在这儿看第一次日出。”

“你这人还真是讲究多啊。”

“是啊，我就是有点强迫症。”

“那我们真得赶快出发了，我虽然现在没法计算日期了，但凭直觉，时间真的应该还蛮赶的。”

“那还说什么，事不宜迟，我们现在就出发吧。”米娜用力戳了一下我的屁股道。

17

我时常想，北极熊的一辈子或许真的是注定漂泊，这不是性格使然，更多的是生活所迫。

我忽然可以理解为什么我的父母要在我长大后离开我了，这和亲情之类的命题似乎并无关联，而是因为三只身形与食量同样庞大的北极熊在同一片区域生活，是那个地方的食物与生存空间所无法支撑的，因而大家在完成应尽的义务后各奔东西，寻找各自的生活空间，也给彼此留下一个更好的生存环境。

在这片荒芜之地，在这些基本生存问题面前，无论看起来多么厚重的情感，似乎都变得无足轻重了起来。所以尽管一只北极熊、一只企鹅和一只小海豹永远生活在一起，听起来像是一个美好的童话故事，但对于现实而言，确实是太过荒诞了。

我没有把我内心的真实想法告诉米娜，因为我不想破坏她内心里对于这个世界的所有的单纯构想以及对于这段旅途的浪漫企盼。

出发前米娜问我，要不要在洞口做一个什么记号，不然等我们回来以后就找不到究竟是哪一个山洞了。

“这倒是个问题，不过你让我拿什么来做记号啊？”

“不如你在门口撒泡尿吧，这样凭着气味就能找到了。”米娜指了指地上对我说道。

“撒你妹，多脏啊，而且哪有那么持久的味道，两个月后还能闻到。”我黑着脸回答她道。

“那你就拿一些石子在地上摆个字吧。”

“嗯，这倒是个好主意。”

“就摆个‘米娜和大熊的温馨小洞’吧。”

“你丫的，这么多字你要我摆到什么时候啊，而且你给我用石子摆一个‘馨’字看看！”

“也是，确实太复杂了，不如就摆个‘米娜’吧。”

“凭什么摆你的名字啊，而且还是太繁杂了好吧。”

“因为这个洞是我找到的，谁先找到的就是谁的，不麻烦你了，你摆个‘娜’就好了。”

于是我不顾米娜的抗议在地上摆了个“米”字。

“什么呀，摆得像只螃蟹似的。”米娜看了一眼，很不满意地说道。

“喏，整天意见废话一大堆，我可告诉你啊，再不走，天就要亮了。”

“好好好，走走走。”

于是我和米娜就这样披星戴月地踏上了南行的道路。

然而走了几分钟，米娜忽然对我说：“大熊啊，我觉得我们好像是忘带了什么东西。”

我说：“得了吧，我们又没有什么家当，还能忘带什么。”

然后我们沉默了一下，几乎在同时停下了脚步，相视了一眼，惊呼我们竟然把小小白给忘在洞里了。

回去把还在地上打滚的小小白从洞里拎出来后，米娜和我都做起了深刻的自我检讨，说我们真的不是好父母，出门去送孩子，竟然没把孩子带出去。

“所以我们现在都是单身，我觉得这是自然选择的结果，为了保证下一代的健康成长，所有不靠谱的生物都找不到对象。”我认真地对米娜说道。

小小白在我怀里“嗷嗷”叫了两声，一如既往地表示着他那廉价的赞同。

由于冰川大裂缝是横贯东西走向的，我们必须先沿着裂缝走，找到裂缝的尽头才能继续向南。

米娜对此表示不解，她说我们完全可以找一个裂缝比较小的地方跳过去嘛，这样岂不是省事很多。

“跳过去？你和小小白能跳多远啊，你个小短腿，小小白是只海豹，根本没有腿。”我笑道。

“那你也可以把我们扔过去啊。”

“别开玩笑了，扔你我倒是不心疼，但把你先扔过去以后，你在那边接得住小小白吗？”

“好吧。”米娜显得很沮丧。

“好啦，其实不是你的问题啦，冰川裂缝是不能靠得太近的，你别看有的地方裂缝很小，但你完全不知道它的下面是怎么个情况，很可能我们踩上去，它就塌下去了，所以我们还是不要冒这个风险了，老老实实地绕到尽头再过去。”

“那岂不是要花更多的时间。”

“是啊，那总比没命了强吧，在安全问题上是不能麻痹大意的……话说米娜，你这么迷糊的一个人，究竟是怎么活着从南极到北极来的啊？”

“这个嘛，我也不知道，可能爱笑的姑娘运气都不会太差吧。”

“请不要把什么都说得这么文艺，谢谢。”我的嘴角不由得抽动了一下。

“我一路上还经历过蛮多事情的其实，说起来真是个很长很长的故事呢。”

“是啊，我从来没有听你说过，但我现在已经不怎么好奇了，因为你每次说到一半都会睡着，太打击我的好奇心了。”

“嗯，那就不必知道了吧，有些事情既然结果是好的，就不要纠结于过程了。”

“好吧，不过可以想象你的那些奇幻的经历，你本身就是只自带狗血气场的生物，你看你来到北极之后发生了多少事情啊，就差把这里搞得天翻地覆了。我最近一直怀疑全球气候变暖是不是和你的这趟旅行有什么关联。”

“你怎么不说你破坏了北极的生态平衡呢。”

“我本来就是北极生物，你一个外来物种有什么立场瞎叫唤呀。”

小小白来回扭着脖子看着我俩在那里你一句我一句地斗着嘴，露出一副好奇却又在状况外的呆萌神情。

走了大半天之后，冰川裂缝似乎依然是看不到尽头，米娜说她肚子有点饿了，提议停下来吃点东西歇一会儿。

“这附近貌似没有捕鱼的地方啊。”我对米娜说道。

“那怎么办？”

“再坚持一下呗，往前走走应该就靠近岸边了，话说你今天出门怎么不带干粮了啊？”

“不是忘了吗，你看我把小小白都忘了，还能记得带什么干粮，更何况山洞里的鱼都是新鲜的，滑溜溜的怎么带出来，等到冻硬了又不知猴年马月了。”

“其实你这个食量挺好打发的，像我这个状况，出来一趟吃饭还真是个问题。”

“喏，咱们可说好了，出门旅行这么累，我可不帮你抓鱼啊，我只帮小小白抓，你自求多福吧，别饿着自己了。”

“别啊，你知道我不跳进冰面下的，我有黑暗恐惧症，不过你放心，你只要帮我抓几天。”

“嗯，为什么呀？你不会要把我吃掉吧？”

“你能不能不要再纠结这个问题了啊，我们现在是一个组合，是一个团队，作为一个整体，我们之中的任何人都不会把谁吃掉的。我的意思是往南走几天就到北极苔原了，那里可以吃的东西很多，你就不必替我操心了。”

“好吧，北极苔原啊，听起来好有趣的一个地方。”

“喂，你不是从南边来的吗，没有路过那里吗？”

“我是走水路的啊，你忘啦。”

“噢，是吗？”我歪着脑袋想了一下，好像的确是这么回事。

“小小白也是走水路来的呢，他一定也没有去过那里。”

见怀里的小小白又要“嗷嗷”叫了，我连忙拿手捂住了他的嘴。

我盯着他看了一会儿，转头对米娜说："难道这一路注定都是我这么抱着这个小家伙走吗？"

米娜说："总不能让他自己走吧，而我又抱不动他，他和我个头差不多大，你要真觉得累，可以把他放在背上。"

"他和你不一样，你可以坐在我的背上，但这小家伙圆溜溜的根本放不稳，会滚下来的。"

话一出口我就后悔了，我意识到那句话或许是米娜给我下的一个圈套。

于是毫无悬念的是，之后的一段路，我被迫扛着米娜抱着小小白走了好远好远。

18

出门在外，吃饭睡觉永远是令人头疼的问题，在好不容易吃完了一顿简单的饭后，我和米娜开始为究竟在哪里睡觉犯起了难。

按照我的意思，既然条件有限，直接趴在雪地里凑合一宿就完事儿了，但是米娜不乐意，她觉得这样太冷了，小小白还是个孩子，冻坏了就不好了。

“拜托，这小家伙是只海豹，怎么会怕冷呢，你看这圆滚滚的肚子，比我大腿都粗，里面得有多少脂肪哪。”我轻轻捏了捏小小白对米娜道。

“就算他不觉得冷，也不能随随便便把他扔在地上啊，这孩子这么不安分，我们俩一睡着他爬走了怎么办呢？”米娜反驳我道。

我歪着脑袋想了一会儿，只好答应米娜在雪地上刨一个坑。

刨这个坑着实费了我一番功夫，一方面不能刨得浅，否则小小白自己会爬出来，另一方面还得把坑弄平实了，不然睡起来不舒服。

忙活了半天之后，我终于在地上整出了一个长方形的浅坑，躺进去感觉还是挺舒服的。我连忙招呼米娜把小小白给弄了进来，但在睡觉的姿势上我们之间又产生了一些分歧。

按照米娜的意思，应该让我抱着她，她抱着小小白，这样睡起来比较暖和，并且充分利用了空间。我却觉得还是各睡各的好，之前抱着米娜一个人睡不觉得有什么别扭，但是三个人要保持这种姿势直到睡醒确实有些难度，需要那么一点默契，与其那么费劲，我还不如多花点时间把坑刨得宽敞一点。

争到后来实在困得受不了了，我只好向她妥协，抱着她和小小白侧躺在了坑里，但米娜似乎还是不满意，问我是不是再弄点雪盖在身上，这样会更舒服一点。

“我说你就不要折腾了，挖个坑躺里面睡本来就够不吉利的了，你还非得搞得跟活埋似的。”

“好吧好吧，睡觉睡觉，醒了还得赶路呢。”米娜打了个哈欠道。

然而在米娜和小小白都睡着了之后，我却无端望着漆黑的夜空睡意全无，脑海里不停地思索着之后的路程，心中有一股深深的忧虑。

由于向南走不久就要到达北极苔原地带，那里的气候虽然没有这里这般严寒，但也意味着那儿不再是一片荒芜之地，会有更多生物种群的存在。当年独自一人经过那里，我没有什么可担心的，然而现在身边带着的这两个麻烦制造者却着实让我觉得有些头疼。

不知过了多久之后，我才迷迷糊糊地进入了梦乡，可是还没睡踏实，米娜和小小白就都醒了，米娜推了推我，告诉我该上路了。

我打了个哈欠，告诉米娜旅行什么的真是太累了，还是在家里躺着舒服。

“你是太懒了，缺乏锻炼，你看你在你的小冰屋里宅了三年，也该出来活动活动了，不然早晚有一天要胖死。”

“运动也可以有很多种形式嘛。”

“比如呢，除了睡也没见你干什么。”

“你看‘睡’本身是个动词，说明睡觉也是一种运动。”

“屁，睡觉不是运动，睡女朋友才是运动。”

“啊呀，你知道得不少嘛，我还以为你是很纯洁的一只小企鹅呢。”

“喏，你别跟我贫嘴了，我看你这是故意扯开话题想借机赖床，赶紧给我起来！”米娜用力戳了我的屁股一下，疼得我一下子蹿了三尺高，我只好乖乖抱起小小白出发了。

绕过冰川裂缝之后，前方的路线开始变得明晰起来，那就是一路向南，以最快的速度到达海豹的栖息地。

然而由于对方向的把握太过于依赖北极星，我十分担心遇到看不见星空的阴天，在宽阔的冰原上行走如果没有任何参照物，是很难保持直线前进的，这意味着我们很可能一不小心就会绕一个很大的圈子，甚至迷路。

在黑暗的极夜里走这么长的一段路的确是有些令人恐惧，以至于我和米娜不得不时常互相开一些玩笑来让旅途显得轻松一些，而迟钝的小小白绝大多数时候都在我的怀里睡得很香，好像这世间从来就没有什么烦恼一般。

这天由于没有找到食物，我和米娜只能饿着肚子匆匆赶路，伴随着我们的只有耳畔不停地呼呼吹着的风，以及前方依然漆黑而没有尽头的路。

我摸了摸肚子对米娜说道："你知道吗，我一直在想，或许现在我所经历的这一切都是不真实的，包括你，还有怀里这团热乎乎的肉，都只是我的梦境。说不定一觉醒来，我还安逸地躺在我的小冰屋里，身边堆满了鱼，一切都是那么平静而美好……"

米娜抬头望了我一眼道："你就这么希望我不存在啊。"

"不是，我只是在做一个假设嘛，可能我受了太大的打击，产生了什么臆想，你只是我创造出来的一个幻象而已。"

"我从没听说过北极熊还会精神分裂呢。"

“谁知道呢。”

“那照你这么说，或许你的小冰屋根本就没有存在过，我觉得比起现在所经历的事物，过去的事情似乎更加不可靠一些，毕竟很多东西有时候你回想起来，感觉它们好像从来都没有发生过一般。”

“嗯，是啊，我最近的确开始质疑起回忆里的一些事情，例如当年我女朋友究竟是不是掉进冰川裂缝里了，我究竟有没有抓到她……那些片段在脑海里被反复放映了太多次之后，我反而开始怀疑它的真实性了。”

“如果真是这样，那你就是大大的不值得了，也许当年你根本就没有抓住过她，在冰川裂开的一瞬间你就已经晕倒了，她的死和你其实没多大联系，更或许她压根就没死……”

“停，对这个问题的探讨到此为止，本来就又冷又饿的，周围又那么黑，再聊这么诡异的东西，更让我后背发凉。”我打了个冷战道。

“你还冷啊，你好歹抱着个暖炉哎，我这赤条条地走着都没说啥。”

“那我借给你抱一下呗。”

“我抱不动。”

“这不就结了，我抱得那么累，你再不让我暖一点，谁干这倒霉活儿啊，多大付出就有多大回报。”

“屁嘞，我每次抓那么多鱼，也没见得多吃几条。”

“你能吃谁不让你吃啊，你自己食量就那么点儿。”

“所以都是为你付出的呀，我从你那儿得到什么实质性的回报了……不许说晚上抱着我睡，这是一件双赢的事情。”

“我抱着你睡算是什么福利吗？”

“废话，你没有女朋友，每天晚上还能抱着个姑娘睡，美死你吧。”

“我勒个擦……好吧好吧，在抓鱼的事情上，至少你赢得了我的尊重。”

“噗，走开啦，真不会聊天。”

“啊哟，我怎么不会聊天啦，我很讲道理的好吧。”

“喏，这就是你的问题所在，以后记得不要老跟女孩子讲道理，不然你真要活该一辈子没女朋友了。”米娜冲我吐了吐舌头道。

CHAPTER 3

一趟善意的旅程

19

经过数日的急行军般的奔波，我和米娜终于在地上看到了一些稀疏的植被。

这是一个令人欣慰的信号，证明我们正在逐步深入北极苔原地带，这儿的气候和北冰洋沿岸的严酷气候比起来的确好了不少，冻土带上有不少植被，还有一些没有封冻的河流，能够给我们提供食物。

“哇哈哈，这儿真美啊，终于不再是满眼的雪地了，开始有那么点生机了。”米娜对着夜空放声大笑了起来。

“嘘嘘嘘，你能不能矜持点啊，走了大半个地球了，还像是没见过世面似的。”我连忙制止米娜大声喧哗的不文明行为。

“怎么了，压抑了这么些日子了，还不允许人表达一下自己的开心了。”米娜嘟着嘴显得很不满。

“这儿有其他生物的存在，你在别人地盘上大声嚷嚷是想怎样，我可告诉你，现在是食物匮乏的季节，说不定人家正饿着肚子坐等食物送上门来呢。”

米娜这才捂住了嘴，乖乖地跟在我的屁股后面。

然而翻过一座丘陵，来到一片稀疏的灌木丛时，我忽然觉得有些不对劲。

“话说米娜，你有没有闻到什么味道？”

“有啊，一股腥臊味儿，肯定是你这么多天没洗澡散发出来的。”

“不可能啊，如果是我身上的味道，我怎么会闻得到，没有人能闻到自己身上的气味的。”

“噢，那也不可能是小小白的气味啊，我每天都给他洗澡的啊。”

我抱起小小白闻了一下，的确没有闻到什么异味，反而还被他给舔了一下鼻子。

我正擦着鼻子上的口水觉得纳闷，忽然听见旁边的灌木丛里有窸窸窣窣的响声。我环顾了一下四周，顿时吓得一个激灵，只见一束束幽绿色的光逐渐从黑暗中浮现出来。

“大熊，好像我们遇到麻烦了。”米娜戳了我的屁股一下道。

“是啊，好像是狼群。”我抱着小小白的双手不免有些哆嗦。

其实按往常来说，我是不怕狼群的，因为从体型上说，真打起来也算是五五开，打不过还可以跑路，但是现在身边带着这俩累赘，真是打也不是跑也不是，妥妥站着等死的节奏。

“现在怎么办啊，是不是开溜？”米娜问我道。

“溜个屁，我们好像已经被包围了。”

“那你跟他们商量一下呗。”

“商量什么，先吃谁比较好一点吗？”

“都是北极的嘛，应该好说话一点啊。”

“神经病，在这里我也是外地人。”

“你们北极的就这么排外啊，差一点纬度还搞什么地域歧视。”

“这和排外有什么关系，他们是来吃饭的，又不是来交朋友的……”

正当我们扯着这些毫无意义的话题时，那些身影越靠越近了，我的心也顿时提到了嗓子眼，然而借着微弱的星光，我却忽然发现他们好像并不是狼，而是踏着优雅而轻盈步伐的白色生物。

“救命啊！”米娜忽然扯着嗓子大吼了一声，把周围的这群生物吓退了好几步。

“那个，你们误会了，我们不是想要伤害你们的，我们只是饿坏了才跟在你们后面的。”他们中的一位长者从灌木丛后站出来对我们说道。

“这什么逻辑嘛，饿着肚子跟着我们，难道还不是想要吃我们啊！”米娜说道。

“我们只是一路跟着这位北极熊大哥，想等他吃完你们俩，看看会不会留下一些残羹剩饭。”他缓缓地解释道。

“那个，你们误会了，我们是一起的，他俩不是我的食物。”我有些尴尬地对他解释道。

见他露出失望的表情，我这才想起这里应该是北极狐的栖息地。在食物极度匮乏的季节，北极狐确实会以跟踪北极熊的方式来果腹，难怪这一路老是闻到这股子怪异的腥臊味。

“话说你们住在哪儿啊？”米娜问他们道。

“我们就住在你们刚才经过的丘陵那里，那里是我们的巢穴。”那位北极狐长者很有耐心地回答道。

“噢，敢情你们一路跟了这么远啊，真是辛苦你们了。”

“没办法，食物太缺乏了，我们也是饿得没有办法了才会跟过来的，惊吓到你们了，实在不好意思。”他转身领着那群北极狐准备往回走。

虚惊一场之后，我正想告别他们继续前行，米娜却拉住我说想要跟他们回去看看。

“你疯啦，跟他们回去干吗？”

“没有，我就是挺好奇的，第一次见到北极狐，想看看他们是怎么生活的。”

“你这不是没事找事吗，我们还要赶路呢你忘啦。”

“哎呀，也不在乎这两天嘛，就跟去看看呗，他们又不会把我们吃了。”

于是我只好厚着脸皮去和北极狐们商量了一下能不能去他们家看看，他们倒也显得很热情，就招呼我们一起走回了丘陵。

在北极狐的巢穴，我们受到了热烈的欢迎，这个丘陵上分布着大大小小几十个洞穴，听说有客人来了，许多躲在洞里的北极狐都从地底钻了出来，围过来好奇地打量着我们。

对于我们这三个奇怪的客人，最让他们感到诧异的莫过于米娜，毕竟他们从来都没有见过企鹅这种生物，于是他们丝毫不关心为什么我这只北极熊要哄孩子似的抱着一只小海豹，而都跑去找米娜问东问西的。

“你叫什么名字呀？”“你从哪里来啊？”“你是怎么到这里来的？”……米娜被一群雌性北极狐和小北极狐簇拥在一旁拉起了家常，她似乎也很享受这种成为大家焦点的感觉，站在一块石头上接受起了采访，说起话来和演讲似的滔滔不绝，脸上带着得意的表情。

见没什么人理我，我只好抱着小小白坐在一旁和刚才那位北极狐长者聊起了天。

“您是这群北极狐的首领吗？”我问他道。

“是的，我们这个种群有五十多只北极狐，是我带领他们来到这里定居的。”

“可是这个地方食物那么匮乏，你们为什么要选择来这里定居呢？”

“这个说来话长了。”北极狐长者叹了口气道。

他告诉我，其实他们原本和另外两百只北极狐共同生活在西边的一个大丘陵上，那里是旅鼠的繁殖地，由于旅鼠是他们最主要的食物来源，因此他们在那儿生活得很舒适。但作为种群中的首领，随着他的年纪越来越大，他开始难以管理如此庞大的一个家族了，底下很多年轻的北极狐都想夺走他的地位，以获得更多的交配权。

“今年的极夜来临前，由于旅鼠数量骤减，我们陷入了前所未有的食物危机。”他对我说道。

“数量骤减？怎么回事？”

“旅鼠集体投海自杀。”

“咦？这个事情我还是头回听说。”

“他们为什么会有这种行为我也不太清楚，但这种情况确实每隔几年都会发生一次，当旅鼠数量达到一定程度的时候，他们会选择集体行进到海边投海自杀，只是没想到今年的情况非常糟糕，我们生活的那个地方几乎找不到什么旅鼠可以食用了。”

“所以你只好带领一部分北极狐迁移到这个地方来？”

“不完全是，我是被放逐到这里来的，当时种群里的几只北极狐趁着由于食物缺乏而人心惶惶的时期把我赶下了首领的位置，说是为了整个种群的生存利益必须这么做，我被迫带着自己的亲信来到了这里。其实，他们显然是想彻底杀死我们以绝后患，因为这里的食物更加匮乏，我们来到这里之后只能采摘一些浆果为食，但在进入极夜之后连浆果也没有了，所以我们现在的状况真的是非常糟糕，我真的非常担忧大家会熬不到极夜结束。”

听他说完这些，我不免也感到有些沉重，但却不知该如何去帮助他们，只好在一旁沉默着。

过了一会儿，开饭的时间到了，热情的北极狐们拿出了洞里贮藏的浆果来招待我们。我假意说自己不饿，坐在一旁一口也没吃，毕竟以我的食量，要是放开肚子吃，他们明天就得统统饿死。然而不明真相的米娜和小小白却在那儿大口大口吃得很开心，我没好意思阻止他俩，只能默默为可怜的北极狐们捏一把汗。

到了睡觉的时候，北极狐们安排米娜和小小白睡在他们多余的洞中，由于我身材过于庞大，他们只能让我委屈睡在外面。不过我倒是不介意，今天又不怎么冷，一个人睡反而轻松很多，不用被米娜逼着摆各种奇奇怪怪的姿势。

这是一个晴朗的夜晚，躺在丘陵上望着漫天的星光，我的心情很是惬意。然而没躺多久，米娜从洞里钻出来屁颠屁颠地跑到我身边，说还是睡我旁边好了。

“搞什么啊，今天有洞让你睡，你怎么还矫情起来了。”

“不是我矫情，洞里味儿太大啦，一股腥臊味，实在睡不着。”米娜摇了摇头道。

“哎哟，你就体谅一下嘛，北极狐也是狐狸，这是狐狸特有的味道，洗不掉的。”

“反正我没法忍受。”

“行行行，你睡我旁边吧，处女座真是麻烦。”我白了米娜一眼道。

睡前我和米娜聊起了之前北极狐首领跟我说起的故事，米娜听完后瞪着眼睛对我说：“这样做似乎也太过分了一点。”

“都是自己人，为什么要自相残杀呢？”米娜有些愤慨地说道。

“唉，没办法，这就是北极的生存法则嘛，弱肉强食、优胜劣汰，在恶劣的环境中为了争夺优势资源，肯定需要竞争。”

“这不是竞争，竞争是公平的，但这显然不公平。”

“哪有什么公平的竞争啊，在这个世界上，能活下来、活得好才是目的。”

“喏，不管你怎么说，我就问你一句，你觉得他们好不好？”

“是很好啊，他们这么热情这么友好，还拿自己辛辛苦苦贮藏的粮食来招待我们……”

“对啊，那我们怎么能眼睁睁地看着他们就这样饿死呢。”

“可是这个事情不是我们所能改变的啊。”

“我不管，反正这个事情姐姐我是管定了！”米娜拍了拍自己的胸脯道。

“啊喂喂喂……米娜啊，我跟你说，这件事情不关我们的事，我们还是少管为妙，我们明天醒来接着赶我们的路，不要惹这些无关紧要的麻烦好吧。”我劝她道。

“什么叫不关我们的事？”

“我们这次出门的目的是什么，你说。”

“送小小白回家啊。”

“那我们就老老实实把他送回去不就得了，干吗要节外生枝呢，对不对？”

“大熊我问你噢，我们为什么要把小小白送回家呢？他原本也是与我们无关的生物，不是吗？我们会这么做难道不是出于好心吗？既然这本来就是一趟善意的旅程，我们为何要拒绝其他顺道的善事呢？”

“我不是觉得做好事有什么问题，问题是这个事情远远超出了我们的能力范围。我们两个外地的外种生物插手人家北极狐种群的内部斗争，有些狗拿耗子的嫌疑了吧。我是怕好事没办成，反而还越搞越复杂了，我可不想成为北极熊、北极狐和企鹅三种生物世界大战的导火索。”

“我觉得你的担心有点多余了，总之先睡觉吧，明天一觉醒来再说。”

米娜伸了个懒腰翻了个身准备睡了，而我却瞪着天空失去了全部的闲情雅致，看来这个一直正义感满满的姑娘终归是没法让我有天能睡一个安稳觉了。

20

第二天睡醒，米娜斗志满满地对我说，终于可以精神饱满地去摆平这件事情了。

我在一旁黑着脸不说话，心里琢磨着你区区一只企鹅，哪里来的这种勇气说出这种豪情万丈的话啊。

“所以你现在是想怎样？”沉默了半晌，我问米娜道。

“我们俩去西边那群北极狐的领地看看吧。”

“我们俩？你开玩笑吧，两个人过去挑什么事儿啊，人家两百多只北极狐分分钟弄死我们。”

“噢，嫌人少啊，那我们把小小白也带上。”

“得了吧，带着这个战斗力为零的小家伙去做什么，不仅抱在怀里重得慌，还不能当武器使。”

“喏，我可没说我们是过去打架的呀，我的意思是我们俩先过去了解了解情况，看看究竟是怎么回事，到时候随机应变再做决定，你觉得怎么样？”

“噢，去当外交大使啊。”

“嗯啊。”

“好吧好吧，随你就是了，反正遇到什么突发情况，我就说我只是你的小跟班，随时做好跑路的准备。”

“放心吧，我地理老师说过，两国交战不斩来使。”

“呃……”我的嘴角尴尬地抽动了一下，顿时无语凝噎。

于是我和米娜把小小白寄放在了北极狐这儿，问清了他们原来的领地所在的位置，之后便悄悄出发了。当然我们不可能告诉他们我们是去做什么的，毕竟这种事情纯粹是米娜一时热血的个人行为，恐怕得不到官方的认可。

一路上，这次没有得到任何授权的外交之旅令我觉得心虚不已，因为尽管同样生活在北极，名字里也都有“北极”，北极熊和北极狐之间从来都没有什么瓜葛，我们既不是食物与猎人的关系，也没有任何意义上的竞争与合作关系，这次莫名被一只八竿子打不着的企鹅拉去管人家种群内部的事情，还真是觉得有些无厘头。

走了小半天，我和米娜来到了西边的一座大丘陵上，这里的环境比起东边确实要好上不少，植被要更加茂密一些，地面上隐约还能看到有少量的旅鼠在窸窸窣窣地活动着。

“你确定是这里吗？”我问米娜道。

“嗯，闻到那股子味儿了，肯定是这里，错不了。”米娜揉了揉鼻子道。

迎面过来几只北极狐，好像是出来捕猎的，我刚想跟他们问个话，只见他们一蹦一跳地就从我们身边过去了，连看都不看我们一眼。

“大熊，你好像被无视了哎。”米娜抬头望了我一眼道。

“是啊，我心理落差真有点大，你看这不缺吃的地方，别说屁颠屁颠地跟在我们后面了，压根连理都懒得理我们。”我有些酸溜溜地说道。

再往前走了一段，我们到了他们的巢穴地带，这里遍地密布着两三百个北极狐挖掘出来的洞穴，放眼望去简直是个奇观。

“大熊，你还别说，昨天我去北极狐的洞里参观了一下，在地底下那真叫一个四通八达呀，那工艺水平我觉得丝毫不亚于你的小冰屋。”米娜对我说道。

“在地下挖洞有什么难的，用力往前刨，一直刨通了不就完事了吗，而且他们这么多人一人刨一个洞也不费多大劲啊。我可是从冰川那儿一点一点把建筑材料搬回来，再原地码起来的屋子啊，还要考虑承重和结构，要做受力分析的，你以为就那么简单啊……唉，不说了，说多了都是泪。”

我还没说完，迎面就跳出来两只像是放哨的北极狐，着实把我们给吓了一跳。

“来者何物，速速报上名来。”其中的一只北极狐问道。

“那个，我们是路过这里的北极熊和企鹅，想见一见你们的首领。”我很客气地对他说道。

“北极熊？企鹅？”他仔细端详了一下我们，露出疑惑的神色。

“大哥，企鹅是什么东西？”他小声地问旁边的那只北极狐道。

“我也不知道是什么东西。”旁边的北极狐摇了摇头道。

“喂，你们才是东西呢，你们全家都是东西，企鹅是鸟，不是东西！”米娜大声地抗议道。

我小声地提醒米娜，哪有说自己不是东西的。

“哦，我不管你是什么鸟，你们见我们首领是要做什么？”

“我们是他的……呃呃……朋友。”我随口敷衍道。

“大哥，大人有什么熊朋友和鸟朋友吗？”刚才那只北极狐又小声问了问旁边的北极狐道。

“不知道，大人如此放荡不羁，交的朋友可能也很杂吧。”旁边的北极狐道。

“无论怎样，对不起，我们首领有命令，现在拒不接待任何客人，你们走吧。”说完他们转身就走了。

“我靠，真没礼貌啊，什么态度嘛。”米娜叉着腰站在那里显得很生气。

“现在咋办？人家压根就不把我们当回事儿。”

“不行，我们绝对不能白跑一趟。”

“杀进去啊？”

“不，我肚子饿了，我们先去找点吃的吧。”

我双腿一软差点跌倒在地。

走到一条小河边，我和米娜一边捞着河里的鱼吃，一边思考着接下来的对策，但是始终想不到什么有效的办法。毕竟如果我们要找的人不出现，你真的拿他一点办法也没有，这里好歹也有两百多只北极狐，几百个洞，我们不可能掘地三尺一个坑一个坑地把他从里面翻出来。退一万步讲，就算找到了他，我们又能怎么样呢？

正在烦恼的时候，河边忽然飘来了一阵动听的歌声，似乎是从上游的方向传来的，唱歌的好像是个年轻的姑娘，声音十分婉转动人，却又隐藏着几分淡淡的忧愁。

我和米娜循声走过去，惊讶地发现这是一只异常漂亮的北极狐，体态优雅，毛色十分光滑亮丽，修长的尾巴盘绕在身后，显得端庄而矜持。

听到我们的脚步声，她停止了歌唱，有些惊讶地转头看了看我们，问我们道：“你们是谁？”

“不好意思打扰你了，我们只是路过这里，偶然听到了你的歌声，才过来一探究竟。我是一只北极熊，这是米娜，她是只企鹅。”

“你好。”米娜冲她打了个招呼。

“噢，你们好，我叫艾丽。”她冲我们笑道。

“你为何会一个人在这里唱歌呢？”我问她道。

“没什么，心情有些不好，出来散散心而已。”

“话说你和丘陵上这些北极狐是一起的吗？”米娜问她道。

“是的。”

“啊，太好了，我们正好想从你这里打听一点事情呢，你知道你们首领在哪儿吗？”

“啊？你们……为什么要打听这个？”她的眼神里忽然闪过一丝警觉。

“没什么没什么，我们就是想见见他，我们是他的朋友……”我有些心虚地笑道。

“朋友？”她歪着脑袋想了一下，皱起了眉头。

正当我们不知该如何跟她继续解释下去的时候，旁边的灌木丛中忽然钻出一只北极狐来，他看见艾丽不由得惊叫起来：“女王大人，您在这里做什么？”

21

“女王大人？”我和米娜相视了一下，嘴里都惊讶地重复了一遍这句话。

原来眼前的这个姑娘正是这片北极狐领地现在的首领，这是我和米娜万万没有想到的。

空气凝固了几秒钟之后，米娜忽然跳起来喊道：“快，大熊，抓住她抓住她！”

“啊？为啥？”我的大脑顿时一片空白，但是见艾丽听了米娜的话转身要跑，我也顾不得那么多了，几步冲上前去就把她给摁住了。

“你们想干什么？快放了我们女王大人！”那只前来找艾丽的北极狐显然是被这个突如其来的状况吓呆了，大声惊呼了起来。

“我说米娜，我们到底为什么要抓她啊？”我一时被问住了，只好转头小声质问米娜。

“管他呢，擒贼先擒王，先把她给控制了，一切东西都好谈。我地理老师说，这叫挟天子以令诸侯。”米娜小声地回答我道。

“你地理老师真是个逗逼。”我摇了摇头道。

“我不知道你们究竟是谁，到底想做什么，但是就算你们把我抓了，甚至杀了我，也是无济于事的，我的子民是不会向你们妥协的。”艾丽很淡然地对我们说道。

“那个，其实我们也不是想拿你怎么样，只是有些事情想找你谈谈，你能不能让这位一直在大呼小叫的朋友先回避一下。”我指了指那位有些情绪失控的哥们儿对艾丽说道。

于是艾丽摆了摆手让那只北极狐先回去，并让他不要声张这件事情。在我和米娜也向他保证不会伤害他们的女王大人后，他才将信将疑地离开。

那只北极狐走后，我放开了艾丽，并向她道歉说：“实在是因为来找你一趟太不容易了，刚才米娜这个不嫌事儿大的家伙又在那里瞎喊瞎叫，我怕把你吓走了才出此下策。”

“没关系，我只是好奇，你们俩一只北极熊和一只企鹅，跟我能有什么瓜葛。”

“那我们就不拐弯抹角了，其实我们是从东边丘陵的北极狐领地过来的，我听说了你们之间发生的故事，所以想过来求证一下。”

艾丽沉默了一会儿，叹了口气道：“这个事情就说来话长了，不过我想先知道他们那边是怎么跟你们说的。”

于是我把从老北极狐首领那儿听来的话原原本本地转述给了艾丽。

“他说的基本属实，其实他是我的父亲，我是他的女儿。”

艾丽说完后，我和米娜都被她的话给惊呆了。

“你的父亲？你为什么放逐你的父亲啊？你怎么做得出这么残忍的事情？”米娜有些激动地质问道。

我在一旁摁住米娜，示意艾丽接着往下说。

“这就要追溯到很多年以前了，那年夏季，我在这条湖边遇到了一个小伙子，我们俩一见钟情，然而他并不属于我们的种群，他的家在河对岸的一个北极狐领地。由于北极狐的种群观念非常强，我们彼此的家族都不可能接受我们在一起，因此我们只能每天在这里偷偷地相见。”艾丽说到这里，眼神里流露出些许怅然。

“那你们为什么不私奔呢？”米娜问道。

“我们都是群居动物，没有办法独自维生的，而且我们都有自己的家人，不可能轻易选择这么做。”

“那后来呢？”我问道。

“之后我父亲发现了我和他的事，便禁止我再到这里来，于是我这些年再也没有见过他。我知道如果我想再见到他，甚至和他在一起，就必须成为我们种群的首领。”

“所以你篡夺了你父亲的位置？”

“是的，这一切都是我暗地里指使几个家族里的北极狐操作的，趁着今年旅鼠集体自杀、食物匮乏的时候，但我父亲并不知道是我所为。”

“你为什么要放逐你的父亲，置他于死地呢？你就这么恨他吗？”米娜问道。

“不不不，其实我并不恨我的父亲，我知道他有他的难处，千百年来所有北极狐族群都是这样的制度，我不可能让他为了我一个人去改变。我想要和那只北极狐在一起，既然不能单独加入他们的族群，唯一的选择就是放逐掉一部分我们族群的北极狐，然后带领剩下的子民与河对岸的北极狐族群合并，因为只有这样，他们那儿的栖息地才不会因为北极狐数量的剧增而过载。”

“原来是这样。”我顿时明白了些什么。

“我放逐我父亲他们，只是一个暂时的计划，一方面这里的食物确实不太够了，大家分开来生活不至于都饿着肚子；另一方面，为了隐瞒我父亲我真实的目的，等极夜过后，我们全体迁移走了，这里的旅鼠数量增多了，我会让人通知他们再回到这里的。”

听艾丽缓缓说完这些，我和米娜坐在一旁沉默了很久，不知道该做何评论，心中的感觉也是五味杂陈。

“刚才你们听到的那首歌是他教我唱的，我现在每天都会一个人来这里等着，希望他会忽然出现，但我却总是什么都等不到。不过没关系，我想不久之后，我就能再见到他了。”艾丽冲我们露出了一个温柔的微笑，如果不是这个笑容，我们几乎忘却了眼前这个北极狐种群的女王其实只是一个年轻美丽的姑娘。

告别了美丽的北极狐女王艾丽后，我和米娜踏上了返回东边领地的旅途。

“真是伟大的爱情哪，让人好生羡慕呢。”米娜幽幽地叹了口气道。

“唉，是啊，许多美好的爱情都是被现实打败的，可有多少人能像艾丽这般幸运，能够主宰自己的命运呢。”我也有些感慨地说道。

“不过她的方式还真有些激进，她得需要多大的魄力来做这样的选择呢。”

“她也有她的苦衷吧，毕竟这里的生存法则就是这样严酷，想要挣脱束缚，或许确实需要更多的勇气和决心。”

“唉，大熊，我不得不说，北极真是个神奇的地方，像我们企鹅身上呢就肯定不会发生这样的故事，我们从来都没有什么种群观念，所有人都住在一起，也不分彼此，爱找谁谈恋爱都可以。”

“那是因为你们那儿食物多、地盘大，所谓一方水土养一方生物嘛，环境能决定太多太多的东西了。”

我和米娜就这样边走边聊着，不知不觉就回到了东边的丘陵。接到了小小白之后，我们立即就告别他们继续踏上了南行的征程。启程的时候，我在心中默默祝福他们能够熬到极夜结束的时候，也希望老北极狐首领在最后能够原谅他女儿的这一次任性。

22

几天后，当我们逐渐深入北极苔原后，米娜还在不停念叨着艾丽的故事。

“我觉得为了爱情把自己的老爸给放逐掉真是太炫酷的一件事情了。”米娜一蹦一跳地对我说道。

“唉，你们这些文艺青年的脑子里到底整天都在想些什么东西啊。”我鄙夷地瞥了她一眼道。

“艾丽也是文艺青年啊，你看她还每天在河边唱情歌等情郎呢，真是太文艺了。”

“人家可是女王，人家有文艺的资本，人家甚至可以带领整个种群去投奔爱情哪。你咧，能干吗？也就堆个雪人在地上画两幅画。”

“啧，文艺是不分高低的好吗，我觉得我们俩这趟‘出使西域’就文艺得很，还很浪漫。”米娜歪着脑袋露出了一个回味的神情。

“呵呵，你不提这个我还忘了，下次再想瞎掺和这种麻烦事儿，我真的打死都不会陪你去了，别人的家事国事天下事，关我屁事。你看这所谓的爱恨情仇恩恩怨怨纷纷扰扰，怎么是我们能够理清楚的，到头来不还是得随它而去吗。而且说好的，去当外交大使，结果竟然摇身一变成了刺客，你丫的吃了豹子胆了，竟然怂恿我去劫持人家的女王。幸好没有惹到她，现场的目击群众也不多，不然咱还会像现在这般活蹦乱跳吗？”

“喂，你要不要这么激动，一口气蹦出这么长的话来。”

“不是激动，是心有余悸，在某些时刻我觉得你不光是文艺青年，还是愤怒青年，简称‘愤青’。”

“是啦是啦，谨遵您老人家的教诲，这种事不会再有了，而且以后咱也没空管这么多了，再不抓紧赶路，极夜真的要过去了。”米娜信誓旦旦地说道。

向南走了一段路后，我们的眼前出现了一座高大的雪山。按常理来说，在极夜时翻越雪山无论如何都是一种不明智的行为，一方面山上温度太低，另一方面在黑暗中有很多潜藏的危险难以预料，但由于时间紧迫，我和米娜在商量了一下之后，还是决定直接翻越而不是选择绕行。

“大熊，真的没问题吗？我们会遇到什么危险吗？”到山脚的时候米娜弱弱地问我道。

“山上倒是没有什么危险的生物，最主要的危险还是山上复杂的路况，所以走得小心一点就好了，别老是一蹦一跳的……噢，对了，千万别大声喧哗。”

“嗯？这是为啥？”

“你忘了在冰川那次啦，山上现在积雪很多，你吼一嗓子很可能就雪崩了。”

“噢，知道了。”米娜点点头道。

正在给米娜上着安全教育课，怀里的小小白忽然兴奋地扭来扭去，好像看到了什么有趣的东西。

我顺着小小白嗷嗷叫的方向看了一下，那里没有什么奇怪的东西，只有一个大雪堆。

我对米娜说：“这孩子今天是不是吃多了，这么亢奋。”

米娜戳了我一下道：“好端端的地面上平白无故出现一个雪堆是挺奇怪的。”

我正琢磨着呢，那个大雪堆冷不丁抖动了一下，上面覆盖的雪落了下来，露出了一堆毛。

我和米娜都被吓了一跳，心想这究竟是个什么怪物。

在原地等了半晌，见他始终没有什么动静，我和米娜决定小心地走上前看看。

“大熊，你见过这种生物吗？”米娜转头问我道。

“没有，我也是第一次见到这么奇怪的生物。”我摇了摇头。

“这好像是只全身长满长毛的牛哎。”米娜指了指他道。

“嗯，好像是，头上还有一对角，不过他好像是趴在地上的，会不会是睡着了？”

“长毛牛大叔，你醒醒。”米娜对他喊道。

“喂喂喂，哪有你这样瞎给人起名字的。”我赶紧制止米娜道。

这时这只奇怪的生物才缓缓抬起头来看了看我们，慢条斯理地说："那个，首先呢，我不是长毛牛，我是一只麝牛；其次呢，我不是大叔，我是个年轻的小伙子，谁告诉你有胡子的就一定是大叔啊；最后呢，我不是在睡觉，我只是心情不好……"

"噢，对不起啊，小伙子，我只是从来都没有见过你这样的生物，所以才误会了。"米娜解释道。

"我也从来没有见过你这种生物啊，但是我也没有叫你小黑鸟啊。"

"啊喂，你看清楚好吧，我的肚子是白的。"

"无所谓啦，心情不好，不想跟你争论这个。"

"可是就算你心情再不好，也不能一个人趴在这里啊。"我对他说道。

"我不是趴在这里散心的，我是不想活了。"

"啊？你这是要自杀啊？"我惊讶地问道。

"是的。"

"可是你这样趴着怎么死啊？"

"我原本是想趴在这儿把自己冻死的，但是身上毛太长了，一点也不冷，反而舒服地睡着了，于是一睡就睡了好几天。”

我和米娜顿时尴尬得说不出话来。

麝牛小伙子告诉我们，他原本和家人住在雪山上，因为前段时间和家里人闹了矛盾，才离家出走一个人跑下山来，趴在这里等死。

“那个，我说小伙子啊，有什么烦心的事情你可以和我们说说嘛，这样消极地对待不是解决问题的方法嘛，对不对？”我耐心开导他道。

“唉，这个问题很复杂，你们解决不了的。”

“你不说说怎么知道，我们俩可是见过世面的，什么问题没有遇到过！”米娜拍着胸脯道。

“不想说。”他把头埋了下去。

“好吧，那我们管不了你了，你一个人在这儿趴着吧，我们继续赶路。”米娜气得一跺脚拉着我就走。

往前走了一段，我犹豫着停下了脚步对米娜说：“我们还是再回去问问他吧。”

“哟，今天你是怎么了，不是说好了不管别人的事儿了吗？”米娜瞥了我一眼道。

“今天这个情况特殊，我怕他真死在那儿，毕竟是一条年轻的生命啊。”

“好吧，其实我也挺放心不下的，感觉他是真的有心事呢。”

于是我和米娜又走回了麝牛小伙子旁边，他抬头看了我们一眼，说：“怎么又是你们。”

“喏，小伙子，你看咱们是同龄人，我们肯定有着相似的烦恼，但是你看我尽管前段时间屋子掉进了冰缝里，但我依然积极乐观地生活着。旁边的这个姑娘呢，出生的时候就患有智力障碍，但她还是身残志坚地环游了大半个地球来到这里。你又有什么理由不好好地生活下去呢……”

米娜在一旁狠狠地掐了我的大腿一下，疼得我龇牙咧嘴的。

“其实我不愁吃不愁住的。”

“那你有什么想不开的，你这肯定是饱暖思淫欲，看上哪个姑娘了，然后求之不得，对不对？”

“不是。”

“你既然连喜欢的姑娘都没有，那岂不是更没什么烦恼了。”

“这正是我的烦恼所在啊，我不喜欢姑娘。”他叹了口气道。

然后雪山上很适时地传来了什么东西崩塌的声音。

23

麝牛小伙子告诉我们，他从小到大都没发现自己和其他同类有什么不同，只是到了身边的朋友们都在热火朝天地谈论姑娘的年纪，他却对此丝毫提不起兴趣。直到有一天，他才发现自己原来并不喜欢姑娘，而是喜欢同性。

“妈呀，这可真是冲击了我脆弱的价值观。”米娜捂着脸道。

“怎么样，你们也接受不了这个吧，更不用说我的家人了。”

“你的家人知道你的情况了吗？”

“还不知道，但是我们麝牛家族是很传统的，他们肯定是接受不了的，而且家族中的每个成员到了一定的年纪都必须找对象、交配、生儿育女，完成自己的使命。可是以我这个状况，却是没法这么做的。现在的我早已过了交配的年龄了，因此家里人都在催促我，同伴们也开始以异样的眼光看我，我实在没法忍受下去了，于是就想到了自杀。”他有些无奈地说道。

我歪着脑袋想了一下，却实在想不出什么很好的解决方案，只好转头问米娜道：“话说你们企鹅种群里会有这样的情况吗？”

“这个我真不知道，我们种群太大，大家对彼此的生活都不甚关心。不过我有一个闺密跟我挺好的，整天黏着我，从来没见她找男朋友，现在仔细想来，那种感觉还真是有点暧昧呢。你们北极熊呢？”

“我就更不知道了，北极熊又不是群居动物，但是我可以理解他，毕竟很多事情并不是我们可以决定的，不是吗？就像我是一只北极熊，你是一只企鹅，这些都是与生俱来的，没人可以选择。”

“谢谢你的理解，但你的理解对我来说并没有什么作用，我的家族肯定是没法接受我这样的一个异类存在。”麝牛小伙子对我说道。

于是我和米娜都犯了难，这个问题对我们来说还真是有点棘手，我们既不能改变他的性取向，也没有立场去说服他的家人。

“所以你是无论如何都要了结自己的性命吗？”米娜问他道。

“除非他们能接受我不喜欢姑娘的事实，不再催我找对象。”

“嗯……我倒是有一个主意。”米娜沉思了一下说道。

“啊喂，你可别给人家瞎出主意啊。”

“这个主意我觉得应该是可行的，要让人接受一件难以接受的事情呢，最好的方式就是先给他们看一件更难接受的事情，这样他们就会觉得之前的那件事没那么难接受了。”

“啊？”我被米娜说得有些摸不着头脑了。

米娜凑到我耳边悄悄对我说了一下她的计划。

“我去，你大爷的，你在跟我开玩笑吧，这能行得通才怪呢，而且凭什么又是让我来背黑锅啊！”

“因为你看起来更难接受一些啊。”米娜点了点头道。

麝牛小伙子被我们这番对话弄得有些云里雾里，便问我们道：“究竟是什么方法，快说来让我听听。”

“你呢，带我们去你家，然后你告诉你家人你想和这只北极熊在一起。”米娜指了指我道。

“呃，为什么啊？”

“你想啊，你和一只北极熊在一起肯定比你不找对象这事更让人难以接受多了吧，你家里人这时候一定劝你啊，说你只要别和这只北极熊在一起，什么事情都能答应你，然后你再说你现在不想找对象，他们肯定就同意了，日后再慢慢告诉他们你喜欢同性这个事实。”

麝牛小伙子皱着眉头沉默了一下，然后笑着说这的确是个不错的点子。

我欲哭无泪地说：“不错个屁，为什么米娜你不和他回去？你好歹是个姑娘。”

“喏，我们既然要用到心理落差法，就得找最不合理的搭配，我这么可爱，万一人家家里同意了呢，对不对？”米娜笑道。

于是麝牛小伙子就这样领着我们上山了。一路上我心里那个怨啊，心想这还真是为了救人一命把自己的节操都给搭上了，这事儿以后要被什么熟人知道了开起玩笑来，真心是丢不起这个脸。

这是一座很高的雪山，在小心翼翼地攀爬山路的途中，麝牛小伙子告诉我们他们种群夏季一般会生活在山脚下，到冬季为了便于觅食才会迁移到山上。

“你们平时都吃些什么呀？”米娜问他道。

“我们一般挖积雪下的干草叶和苔藓吃。”

“你们不吃肉吗？”

“不吃的，我们麝牛都是素食主义者。”

“那还能长得这么壮实呢。”米娜啧啧称奇道。

“这个和基因有关啦。”我替他回答道。

“是的，就像我生来就不喜欢姑娘一样。”麝牛小伙子也点点头表示赞同。

“话说，当你发现自己的性取向与众不同的时候，有没有觉得困惑过？”我问他道。

“肯定的，最初我甚至怀疑自己是不是得了什么病，跟身边的人是那么不同，后来我开始告诉自己，‘与众不同’并不代表着不正常，这个世界这么大，总会有一些特殊的个体，只有先认可了自己，才能得到别人的认可。但后来我发现这不过是我的一厢情愿罢了，要让所有人都接受我们这些看起来违背常理的存在，真的是太难了。”他有些无奈地叹了口气道。

“或许是吧，人们太习惯于把自己的喜恶和价值观强加于他人了，因此在他们眼里，所有和自己不一样的都被认为是不可理喻的。其实我在北极熊里也是个异类呀，一个人跑到荒凉的地方独自思考着生活，我不知道别人怎么看我，但每个人都有自己的生活方式。”

“但我们还是有些区别的，毕竟生活方式是可以选择的，而性取向是无法选择的。”

“但我们的孤独感却是相似的。”

“嗯，有句话说得好，孤独的人总会相逢，真的很开心能遇到你。”

“咳咳咳，你们两个够了没有，这对话已经文艺到令我这个文艺青年都不忍直视的地步了……话说你们一会儿可不要假戏真做啊，很难收场的。”米娜在一旁打断我们道。

“放心吧，不会的，不同种类的生物怎么能在一起？”麝牛小伙子笑道。

“喂，这话可不能说得那么绝对。”米娜反驳道。

听到这话，我心里不由得“咯噔”了一下，可刚转头望了米娜一眼，她便顿时欲言又止了。

24

由于从来没有走过如此崎岖的山路，手里又抱着个小小白，爬到半山腰的时候，我实在是累得有些走不动了，不过还好麝牛小伙子告诉我们，再往前走几分钟就到了，我这才强打起精神来继续前进。

拐过一个弯，眼前出现了一片平坦而宽阔的空地，一侧紧贴着陡峭的山壁，另一侧的边缘则是悬崖，借着夜空中微弱的光亮，我仿佛看到空地上遍布着几十个大大小小的草垛子。

"到了，我们种群现在就生活在这里。"麝牛小伙子对我们说道。

"他们在哪儿呀？"我左顾右盼了一下道。

"就是他们呀。"他指了指那些草垛子道。

我这才发现，那些"草垛子"原来就是麝牛群，这些浑身上下都是毛的家伙在夜里还真是难以辨认。

我刚往前走了两步，想和他们打声招呼，只见他们忽然围成了一个圆圈，那整齐划一的样子显得非常有气势。我默默地想，这是在摆什么方阵呢，难道是某种特殊的用来欢迎远道而来的朋友的队形吗？正琢磨着呢，带头的一只公麝牛怒吼一声，那个圆圈忽然猛地朝我飞奔过来，吓得我拔腿就跑。

“救命啊，杀人啦！”我抱着小小白一边沿着空地的边缘没命地跑着圈子，一边扯着嗓子大喊。那样子真是狼狈不堪，但我丝毫不敢放慢脚步，生怕被带头的麝牛给一头顶翻到山下去。

而怀里的小小白却在兴奋地嗷嗷乱叫，还以为这是什么有趣的游戏。

当我跑到第三圈的时候，猛然发现米娜和麝牛小伙子还在原地愣愣地看着热闹呢，便喊他们赶紧让我后面那群发了疯的家伙停下来。

兵荒马乱了一阵之后，大伙终于可以心平气和地坐下来喘口气了。在解释清楚来意后，麝牛们向我道歉，说刚才差点误伤无辜，而我终于知道了那个漂亮的圆圈压根不是什么待客的礼数，而是用来对付入侵者的防御阵型。

“妈呀，刚才真是吓死我了，这仇恨值要不要这么大呀。”我抹了一把头上的汗道。

“没办法，北极熊对我们还是有威胁的。”其中一只看起来像是首领的麝牛对我说道。

“谁敢吃你们呀，这风险也太大了，一不小心屁股就得被戳两个洞啊。”

“我们主要是怕种群里的幼牛受到伤害，我们麝牛幼牛的成活率是很低的，所以为了种群的繁衍，不得不尽力保护这些后代。”

听到这里，我忽然好像明白了为什么麝牛小伙子的家人要催着他繁衍后代了，或许正是因为成活率太低，繁殖的数量才显得非常关键，每一只麝牛身上的确背负着让种群得以延续下去的重要责任。

在大家各自散了之后，麝牛小伙子也找到了他的父母，他父母因为好几天没见到他，显得非常担心，问他这些天究竟跑到哪里去了，还带了几只奇怪的生物回来。

“大熊，我们是不是采取我们的计划呀？”米娜在一旁悄悄问我道。

“米娜啊，我觉得我们的计划需要变一下，这个事情比我们想象中的要复杂得多……”

可还没等我说话，心急的麝牛小伙子直接就对他父母说道：“爸、妈，我爱上了一只北极熊，我要和他在一起。”

然后两只老麝牛惊讶地睁大了眼睛转过头来直勾勾地瞪着我看了老半天，直接把我给看出了一身冷汗。

“孩子啊，你不是在跟爸妈开玩笑吧？”他妈妈对他说道。

“不是，我们是真心相爱的。”麝牛小伙子看了我一眼，认真地说道。

米娜在一旁憋着想笑，我则尴尬得哭笑不得。

“嗯，既然这样，我们只好同意了。”他爸爸点了点头道。

这个回答显然是大大出乎了我们所有人的意料，米娜和我还有麝牛小伙子都不禁面面相觑，连空气似乎都在这一瞬间凝固了一般。

“啊？等一下等一下，你们这同意得也太干脆了吧，不需要再思考一下吗？真的不需要再好好想想吗？我是一只北极熊啊，脊索动物门哺乳纲食肉目熊科棕熊属啊，而且我也是公的啊，即使没有生殖隔离，我们也是生不出小麝牛的呀，所以你们真的考虑清楚了吗？”我冲到他俩面前语无伦次地说道。

“唉，只要你们觉得幸福就好啦，我们做父母的还能有什么别的奢求呢。”麝牛妈妈缓缓地说道。

“啊，你们真的能接受我和一只北极熊在一起啊？”麝牛小伙子也显得很惊讶。

“我们当然希望你能找个正儿八经的对象，生很多孩子，为我们种群的繁衍尽一份力，但是如果你不愿意这么做，或者你有其他的选择，我们当然也很支持你，毕竟你觉得开心才是最重要的。之前爸妈总是逼着你要像别人一样赶紧找个对象，后来我们也想明白了，很多事情不必把它当作一个任务来完成，生活怎么过还是应该尊重你自己的选择。”麝牛爸爸语重心长地说道。

“呜呜，好感动啊……”米娜在一旁抹着眼泪道。

麝牛小伙子也被这番话给感动得不行，他终于哭着向他的父母道出了自己尘封多年的秘密，之后一家人紧紧簇拥在一起，显得是那么温馨。

离开麝牛的栖息地时，他们一家人送我们走了很远，麝牛小伙子很感激我们救了他的命，还帮他向父母敞开了心扉，而他的父母则感谢我们这些素不相识的朋友竟然肯为了他们的孩子帮这样一个听起来如此不可思议的忙。

“这个嘛……你们不用谢我们，事实上我们应该为编了这个拙劣的谎言而向你们道歉，你们真的是非常开明的父母，这是我们没有预料到的。”我有些不好意思地对他们说道。

“不不不，你别这么说，其实我觉得是我的问题，我之前太少和我的父母交流了，我不该事先就假定了他们不会接受，真的很幸运能够遇到你们，替我解开了这么多年来的一个心结。”麝牛小伙子对我说道。

总之呢，这个事情在我被追着跑了好几圈，又丧失了一些不值钱的节操之后，终于算是比较圆满地解决了，我和米娜还有小小白也可以继续踏上翻越雪山的道路了。

一路上米娜一直冲着我狂笑不止，她说她从来没有见过我如此紧张而尴尬的神情，尤其是在麝牛父母同意的时候，我的语速简直加快了不止十倍。

“我是怕我真的就这么给留在麝牛群里了，都是你这个什么狗屁心理落差法，还什么先给人家说一个更加难以接受的事情，谁知道人家父母直接就同意了，都不带犹豫的啊。我的天，麝牛究竟是多么神奇的一种动物啊，底线堪称动物界最低。”我有些无奈地说道。

“说明人家真的很包容，可怜天下父母心哪，不知道我爸妈……”米娜说了一半忽然停住了。

“啊？什么？”

“没什么没什么。”米娜摆了摆手道。

“什么没什么啊，你什么时候也跟我似的了，喜欢话说一半。”

“没啦没啦，小心走你的路。”米娜转过头去不看我。

CHAPTER 4

昨天晚上睡得好吗

25

好不容易爬到山顶了以后，我们原本想坐下来歇息一会儿，看看星星，但天空中却忽然飘起了雪花。

“真是天公不作美，看来我们得找个山洞睡觉了。”我不无沮丧地对米娜说道。

“又要找山洞啊，还是得用投石问路法吗？”米娜问我道。

“嗯啊，不过这次能选个没有危险的洞就已经很不错了，毕竟这里的山洞不多，没有什么选择的余地。”

“唉，好怀念咱之前的山洞啊。”米娜叹了口气道。

“我还怀念我之前的小冰屋呢。”

“你那小冰屋有啥好的，咱的洞里有池子还有天井，每天都能洗澡、看星星，还有新鲜的鱼可以吃。”

“唉，别提了，这都是可遇而不可求的，而且你咋不说池子里还钻出一只小小白呢，没有这倒霉孩子，我们也不用跑出来每天风餐露宿的，不是吗？很多事情都是一报还一报。”

小小白“嗷嗷”了两声，听起来似乎还有几分得意。

在找到了一个合适的山洞之后，我抱着小小白和米娜钻进了里面。洞里虽说还算暖和，但在里头黑漆漆的什么也看不见，于是我和米娜只好决定先睡一觉，等外面雪停了再做打算。

然而刚躺下不久，我的肚子开始咕噜噜地叫了起来，从山洞里传来一阵沉闷的回响。

“大熊，你不要在这里面放屁好吧，这里不透风，会臭死的。”米娜对我说道。

“你耳朵进水了啊，这明明是肚子饿的声音。”我有些哭笑不得地回答她道。

“噢，我听错了，你这两天没吃东西吗？”

“吃是吃了，但是自打从北极狐那儿开始就没吃过啥正经东西，小浆果啊、野草啊，这些玩意儿连油水都没有，我这个食量你也是知道的，根本就填不饱肚子嘛。”我有些委屈地说道。

“你再坚持一下嘛，等下了山就有鱼吃了。”

“这雪还不知道什么时候停呢，等下了山早就饿死了，我还是出去找点儿吃的吧。”

“啊？现在啊？”

“不然呢……好啦，没事啦，不用替我担心，你们俩乖乖待着先睡觉，我一会儿就回来。”

“噢，好吧，那你路上小心。”

“哎哟放心啦，我堂堂一只北极熊，难道还能被谁吃了不成。”

“嗯，等你回来噢。”

于是我从洞里钻了出来，在漫天飞舞的雪花中踏上了艰难的觅食之路。然而我走了很远很远，一直绕到山的背后，都没有在这附近找到什么可以吃的东西。而且我还惊异地发现下山的道路由于雪崩已经被阻断了，于是我这才联想起之前在山下和麝牛小伙子聊天的时候听到的声响。

如果不能顺利下山的话，我和米娜还有小小白肯定就这样困死在山上。一想到这里，我的心里不禁感到一丝恐慌，饥饿感也顿时烟消云散了。我毅然决定继续沿着被阻断道路的边缘向前走，试图找到一条可以下山的路。

不知走了多久，天上的雪开始变得越来越大，我开始有些担心这是不是暴风雪的前兆。正当我考虑究竟是继续前行还是原路返回的时候，我一脚踩在了柔软的积雪上失去了平衡，从山坡上滑了下去，在翻滚了几圈后便眼前一黑，彻底失去了知觉。

这是一段异常漫长的时间，我的所有知觉都被抽空，只剩下潜意识还在活动，我感觉自己被放逐到了时空之外，游离在地狱的边缘。我的眼前出现了很多交织的面孔，有喊着我名字的米娜，有冲我嗷嗷叫的小小白，还有掉进裂缝前的一瞬间她惊恐而绝望的神情，我莫名感到有些欣慰，似乎是得到了救赎一般，我终于能以和她同样的方式死去了，不必再背负这么沉重的过去，可以笑着与她重逢了。

然而我最终还是醒了过来，头疼欲裂地睁开眼后，我第一眼看到的竟然是屋顶。我挣扎着欠起身来，环顾了一下四周，发现自己竟然躺在冰屋里，周围的一切似乎都是那么熟悉，这令我不由得开始怀疑起自己的记忆来，这究竟是时光倒流了，还是真的之前所有的一切其实都未曾发生过呢？

正在疑惑间，一个身影从冰屋外头钻了进来，把我吓了一跳。我定睛一看，竟然是一只北极熊，还是个十分漂亮的姑娘。

“你终于醒啦，睡了一整天了。”她走过来对我说道。

“嗯啊，你是……哎哟，我的腿。”我想站起身来，却忽然感到腿部一阵钻心的疼痛。

“你就好好躺着吧，别乱动。话说你还真是命大，从那么高的山坡上滚下来，竟然只是伤了腿……噢，对了，忘了介绍自己，我叫安琪，初次见面，请多关照。”她冲我笑道。

安琪告诉我，她在山脚下发现我的时候，我四仰八叉地躺在雪堆里，早已失去了知觉，于是她只能硬生生地把我拖回这里，帮我清理了腿上的伤口，还替我敷了点药草。

“山脚下？我是已经下山了吗？我滚了这么远竟然还没死？”我有些惊奇地问她道。

“我不知道你从哪儿摔下来的。”

“我记得我当时还在山顶附近啊。”

“那只能说明你真的命很大。”

“话说这是哪儿？”我指了指屋顶问安琪道。

“这是我家呀，我自己盖的小冰屋，很漂亮吧。”她冲我笑道。

我认真环顾了一下四周，这才发现这个冰屋比我之前住的要大上一倍，没想到眼前的这个北极熊姑娘也会盖冰屋，而且远比我盖得要好。

“对了，你肚子饿不饿呀，要不要吃鱼？”安琪指了指墙角码得整整齐齐的一堆冻鱼问我道。

“嗯……谢谢……话说你也是处女座的吗……”

“是啊，你怎么知道？”安琪很好奇地问我道。

“我有一个朋友也是处女座的，她……噢，我的天，她现在还在山上，她还在洞里等我呢！”我忽然想起了米娜，激动地从地上蹿了起来，但是一不小心碰到了腿上的伤口，疼得又趴在了地上。

“啊？你还有朋友在山上吗？”

我把事情的来龙去脉仔细地跟安琪说了一遍，然而安琪却有些怀疑地对我说道：“企鹅、小海豹……话说你是不是在说梦话呀，还是把脑子给摔坏了。”

“没，我是认真的，他俩现在真的还在山顶的洞里等着我回去呢，我得上去找他们。”

“你看看窗外。”安琪指了指窗口对我说道。

我从窗外望出去，外面还在下着大雪。

“暴风雪估计很快就要来了，现在是上不了山的，只能等暴风雪过去再说，而且你看你的腿，估计也得养个十天半个月才能走动吧。”

“十天半个月？但是他们怎么办呀！”

“他们只要在山洞里，就一定不会有事的，等暴风雪过去了，我上山去接他们下来。”

“你去啊？你又不知道他们在什么地方。”

“哎哟你就放心吧，我在这里住了这么久了，山上的情况比你熟悉多了，等雪停了我就去，你吃完东西安心躺着养伤吧。”安琪安慰我道。

“好吧……看样子也只能这么办了，只是米娜现在一定担心死我了。”我叹了口气道。

“看来你真的很看重她呀，你昏迷的时候也经常喊起她的名字呢。”安琪笑道。

“呃……就是一个很好的朋友而已啦……噢，对了，真的很感谢你救了我的命，真不知该如何报答你。”

“你不必谢我，要谢就谢你自己的好运气吧，我只是正好看见你，就顺道把你给拖回来了，不过我很好奇的是竟然会在这样一个地方遇到一只北极熊，这儿可不是北极熊的栖息地。”

“你不是也住在这儿吗？”

“我有我的原因。”

“那我也有我的故事啊。”

“好啊，那等你慢慢说给我听咯。”安琪笑得很开心。

不知为何，眼前的这个姑娘让我再次回想起了早已不在这个世界上的她，没想到她俩的笑容竟是如此相似，就好像不同时空里不可思议的重叠一般。

26

吃完东西后，由于外面的雪依然很大，安琪继续陪我聊起了天。

安琪真的是一个奇女子，她告诉我她在雪山脚下已经独自生活了十多年，这期间不仅凭一己之力搭起了这个冰屋，同时也学会了许多生存的技巧，除了最基本的预测天气变化、捕猎、判断方向与时间之外，我脚上的药草也是她从山上采下来的。

“话说，其实我之前也盖过一个小冰屋。”我躺在地上哼哼唧唧地对安琪说道。

“啊，真的啊，盖在哪儿呢？”

“在离这儿很远的北边，不过现在已经掉进冰川裂缝里了。”

“真可惜啊。”

“原本是觉得挺可惜的，但是看到你这个冰屋之后，顿时就觉得没那么可惜了，真没想到还有比我盖屋子更厉害的北极熊。”

“嗨，其实一开始也是很简陋的一个小窝，后来一点一点扩建起来的，毕竟一个人生活在这儿挺无聊的，总要找点事情来做。”

“你一个姑娘家，为什么会一个人跑到这里来啊？而且听你说已经来这儿十几年了，十几年前你不还是个孩子吗，你的家人去哪儿了？”

“这个嘛，其实我一生下来就被父母遗弃了，我是被海豹养大的。”

“我的天，被海豹养大的，真是不可思议。”我有些吃惊地说道。

“是的，海豹们是十分善良的动物，我和他们生活在一起，每天一起吃一起睡一起玩耍，所以小的时候我一直以为自己就是一只海豹。但是随着年龄的增长，我渐渐发现自己和海豹是不一样的，我开始明白我和他们是完全不同的物种，这种不同是无法通过后天来改变的，意味着我注定要有和他们完全不同的生活方式。”

“所以后来你离开了？”

“是的，我的体型变得越来越大，开始和他们显得格格不入，而且我发现经常有和我长得一样的生物来袭击海豹群，这让我觉得迷惑。我时常会问自己，难道我生来就是海豹们的天敌吗？这种对自己身份认同感的怀疑使我最终离开了那里，在远离厮杀的这里过起了全新的生活，这才让我最终获得了些许安心。”安琪的眼神里流露出了一丝哀伤。

“原来是这样啊。”

“你呢？为什么一个人去北方隐居？”安琪问我道。

“呃……这个，因为女朋友三年前发生意外死了，为了逃避现实，也为了惩罚或者说是救赎自己。”

“所以你现在是已经想开了吗？”

“不知道，最近我也一直在思考这个问题，但还没有一个确切的答案。至于这趟南行，单纯只是为了小小白，完成任务后还会回去的，因为米娜想在北极看一次日出。”

“那米娜走了之后呢？你是会留在那儿，还是开始新的生活呢？”安琪追问道。

“我不知道，现在我不想去考虑这个问题，我是一个从来没有计划的人，因为生活中太多事情都在计划之外了，就像我无法预料自己会遇到米娜一样。如果不是她，或许我的小冰屋还在，我也不会捡到小小白，自己现在还好端端地生活在那里，过着清心寡欲的生活，而不是费这么大劲跑这么大老远，再从山上摔下来摔个半死。”

“哈哈，好吧……话说你不觉得我们俩好像吗？”安琪笑道。

“是啊，你被海豹收养，我收养了一只海豹，都跑到与世隔绝的地方一个人生活……”

“而且我们都这么聪明能干。”

“行啦，咱就别自夸了……话说你有男朋友吗？”我问安琪道。

“男朋友？你在开玩笑吧，这个地方去哪儿找北极熊，能在山脚下捡到你这样一只昏迷不醒的真的是百年一遇了。在这么荒凉的地方想看见活物都难，除了半山腰上生活着一些麝牛。”

听安琪提到麝牛，我的脸一下就绿了。

“好吧……那你打算就在这儿生活一辈子吗？”

“不知道呢……怎么着，你要带我走吗？”安琪凑过来冲我眨了眨眼睛。

“啊……没有没有……我就那么一问而已……”我连忙别过头去把眼睛瞥向一边。

“好啦，我们先睡觉吧，一觉醒来估计雪就停了。”安琪打了个哈欠道。

“好吧……话说你睡我旁边啊？”

“是啊，不然你让我睡外面啊。”

“这个，会不会有些尴尬，你一个姑娘家……”

“哎？难道平时你和米娜不睡一起啊？”

“这个是有区别的好吧，她是只企鹅啊！”

“然后呢？”

“你想啊，北极熊能对企鹅做什么啊，但是你也是只北极熊啊，我们俩……是没有那个，那个……生殖隔离的……”说到这里我自己都觉得脸红了。

“噢，反正呢我是不担心，谅你这个腿呢，也是对我做不了什么的，而我呢，肯定是不会碰你的哈，乖乖睡觉。”说罢，安琪躺在了我的旁边。

于是我只好闭上眼睛，努力放空自己，然而安琪近在咫尺的气息却让我的每一次心跳都变得小心翼翼。

27

一觉醒来以后身边的安琪已经不在了，我努力欠起身子，一点一点挪到窗口往外望了望，暴风雪的确已经停了，估计她是帮我上山找米娜和小小白去了。

我检查了一下自己的腿，伤势似乎是有些好转，但是和能正常走路还是有些差距，这令我不由得开始担心起接下来的行程，如果不能按时到达目的地，极夜很快就要过去了。

更加令我感到有些心烦意乱的是自己对安琪的感觉，我不得不承认我非常喜欢这个姑娘，她和我有那么多的共同点，既漂亮又能干，还救了我的命，最重要的是，她也是一只北极熊。按理来说，假如我能和她在一起，是前途多么光明的一件事情。然而不知为什么，一想到米娜，我的心里总莫名地觉得过意不去，而这种歉疚感的强烈程度，大到令我自己都觉得有点不可思议。

正当我胡思乱想的时候，外面传来了一阵声音，我往窗外一看，果然是安琪带着米娜和小小白回来了。米娜一钻进冰屋，立马就冲过来扑到我怀里号啕大哭了起来，一边哭一边说她真的担心死我了。而我在这样一个时刻几乎也掉下了眼泪，一方面看到她平安归来心里很激动，另一方面则是因为她踩在了我的腿上，让我疼得想哭。

等米娜稍微缓过来一点儿，我连忙问她这两天在山上是怎么过的。

“那天你说你一会儿就回来，可是我们在洞里等了你好久好久你都没有回来。我本来想出去找你，但是外面雪那么大，我又没法丢下小小白自己在洞里，而且你说让我等你的，所以就只好这么一直等下去了，没想到一等就等了两天。我真的好担心你啊，还以为你真的死了呢。”米娜哽咽着说道。

“对不起，让你担心了，事实上我的确差一点就没命了，幸好安琪救了我……话说她是怎么找到你们的？”我摸了摸米娜的头问道。

“后来看雪停了，我正准备出去找你，就听见外面有人喊我名字，我出去一看竟然是只北极熊姑娘，我还以为你怎么一下子就变性了呢，然后她就说是你让她来找我们的，我们就跟着她下山了。”

“话说安琪啊，你究竟是怎么找到他们的？而且下山的路不是被雪崩阻断了吗，你们怎么下来的啊？”我转头问安琪道。

“我对山上的情况可比你熟悉多了，山上的山洞并不多，大概都在什么位置我心里有数得很，所以很快就找到他们了，至于下山的路，也不止一条呀。”安琪一边逗着小小白玩儿，一边对我说道。

“真的太感谢你了，假如没有你，我们真不知该如何是好。”

“嗨，都说了别谢我了，你们在我家后院出了事，我当然有义务帮助你们啦。”安琪笑道。

“话说大熊，我们什么时候继续出发呀？”米娜问我道。

“这个……我的腿受伤了，走不了路，估计得养个十天半个月的……”

“啥？那我们岂不是没法在极夜结束之前赶回去了？”米娜有些忧心地说道。

“这个你们不用操心啦，你好好养伤，到时候我带你们走，我知道一条捷径。”安琪插话道。

“啊，你和我们一起走吗？”我感到有些惊讶。

“是啊，毕竟我很久没有回去过了，正好也想借送这个小家伙的机会再到海豹的栖息地，看看他们现在过得好不好。”安琪摸了摸小小白，眼神里流露出一丝眷恋。

“好吧，多个人也好，一路上也算是多了个照应。”

话虽这么说，我心里想的却是，终于可以不用我一个人一路抱着小小白了。

事实上安琪真的很喜欢小小白，自从回来以后就一直抱着他玩儿，喂他东西吃。我想可能正是因为小时候被收养的经历，她对海豹有着很深的感情。而小小白似乎也很喜欢安琪，他在安琪的怀里明显比在我怀里老实多了，既不扭来扭去，也不嗷嗷乱叫，看来果然还是女孩子知道该怎么哄孩子。

趁着安琪和小小白在一旁玩儿，米娜偷偷地问我，昨天晚上睡得好不好。

“啊？为啥忽然问这个……就……就那么睡的呗。”我被这个突如其来的问题问得有些慌了。

“你昨晚和她一起睡的对不对？”米娜指了指安琪道。

“呃，是啊，不然呢，外面雪那么大，你总不能让我睡在外面吧。”

“好吧。”米娜哼了一声道。

“干吗，你吃醋了？”

“没呢，谁吃你的醋，我只是觉得她这个姑娘好不矜持，哪有随随便便就和一个陌生男人睡在一起的。”

“啊喂，你当初在我家不也是吗？”

“那不一样，她是北极熊，一不小心就会怀孕的。”

“哎哟，我的亲姐姐，你看看我这个腿，怎么有能力干得了那档子事儿。”我有些哭笑不得地说道。

“你虽然不行，但是她可以啊，她腿又没受伤，完全可以爬到……”

“喂喂喂……你可不要乱说话，安琪是个很正经的姑娘呢。”我连忙打断米娜道。

“而且你这不叫没有能力，而叫有心无力，虽然客观条件上不允许，但是你的内心其实在蠢蠢欲动吧。”米娜嘟着嘴对我说道。

“切，算了算了，就知道无理取闹，我懒得跟你解释。”我扭过头去佯装有些生气，却莫名感到心虚得很。

于是在大家吃完饭准备睡觉的时候，米娜提出要和小小白一起睡在我和安琪的中间，她说这样才是对空间最合理的利用，而我为了看起来像个正人君子，也只好勉强同意了这种睡法。

“安琪啊，话说我们走哪条……哎哟……”躺下后我刚想和安琪说句话，就被身旁的米娜给狠狠掐了一下大腿。

“怎么啦？”安琪问我道。

“睡觉时间不说话噢，我们来比比看谁最先睡着吧。”米娜大声地说道。

“好吧，那明天再聊吧。”我揉着被掐疼的大腿不无哀怨地说道。

28

自从我表现出对安琪的好感后，米娜这些天一直像打翻了醋坛子似的对我冷嘲热讽，除了睡觉的时候挡在中间不让我们有任何肢体或者语言上的交流外，每次安琪给我换药的时候，她都要在一旁从鼻子里故意弄出点声音来，搞得我很不自在。

不过很令人欣喜的是，多亏安琪的草药，我的脚伤好得很快，没过几天就能勉强起来活动活动了，只不过多数情况下都只能用单脚跳着走，还时常失去平衡在雪地上摔个狗吃屎。

米娜虽然有些不待见安琪，私下里总说她是“绿茶婊”，但由于同是处女座，安琪喜欢整洁的个性却深得米娜的心，两个人经常在一起交流怎么将鱼在墙角码得整齐又好看的经验，所以她偶尔也委婉地称安琪为“清新的绿茶婊”。

作为一只残疾熊，为了能够尽快使身体康复，我这些日子里每天都会做一些康复训练，例如在吃过饭后躺在地上做做踢腿运动。

“话说熊瘸子，你这整天跟抽羊癫风似的瞎整真的管用吗？”米娜在一旁不屑地问我道。

“怎么没用，你看我的腿比昨天又能多抬高一厘米了。”我回答道。

“照你这个进度，我们下个极夜到来前估计都上不了路了。”米娜摇了摇头道。

“不会的，我们明天就出发。”安琪走过来对我们说道。

“啊？不是吧，难道让我跳着走啊？”

“等一下，我给你看一样东西。”说罢安琪从外面拿进来一根棍子。

“这是……”

“这个你就勉强先拿来做拐杖吧。”安琪拿着它对我晃了晃道。

“不是吧……话说你从哪里找来的棍子啊，这附近连棵树都没有啊。”我觉得有些奇怪。

“这个是我当年从南边带来的，南边有不少针叶林，离开那儿之前我特意挑了一根粗细合适的枝干带到这里来。平时用来叉鱼，不知不觉已经陪伴我很多年啦，现在就先借给你用呗。”安琪对我笑了笑道。

“噢，可真是贴心哪。”米娜在一旁小声嘟哝了一句。

睡觉之前，趁着米娜出去洗澡，我把安琪叫过来聊了一会儿。

“那个……话说真有些对不住你。”我尴尬地笑了笑对安琪说道。

“嗯？怎么啦，为什么忽然这么说？”安琪有些奇怪地问道。

“米娜她其实是个挺好的姑娘，可能她太习惯于只有我和她在一起的生活了，所以对你吧……有些……嗯……”

“嗨，你不用说了，我都懂的，我挺喜欢米娜的，我知道她是因为很在乎你，所以才会吃醋，毕竟人家是个姑娘嘛，很正常的啦，我本身作为一个姑娘当然能理解。”她很宽容地笑了笑道。

“唉，我只是……”

“只是什么？”

“我不知道该怎么去和她说，关于我和她之间的事……你知道我的确很喜欢她，但是她毕竟是只企鹅，要回到南方，回到她的家乡，一想到这些我就无从开口。”

“有些事情如果现在说不出口，就不必急着去说呀，毕竟距离她走还有一段时间。你趁着这段时间好好想想，问问自己的内心。或许对她而言，一些东西也需要在脑海里慢慢沉淀下来。”

“嗯，我知道了，谢谢你，要是所有姑娘都像你一样通情达理善解人意就好啦，哈哈。”

“你这话说得就不对啦，有哪个姑娘在爱情里是不会无理取闹的呢。”安琪冲我露出了一个深邃的笑容。

第二天一睡醒，我们四人就离开冰屋匆匆出发了。安琪抱着小小白在前面带路，米娜走在中间，我则拄着个拐棍一瘸一拐慢慢地跟在最后。这个场景让我不由得想到这应该是有史以来最惨的一个旅行团了，老弱病残都快凑齐了。

“话说安琪啊，你们能不能走得慢一点啊，我实在是跟不上啦。”走了一段时间，见我们彼此之间的距离越拉越远，我在后面大声地喊道。

“不能再慢啦，我们的时间已经很紧了。”安琪回过头对我说道。

“你不是说要带我们走近路吗？”

“是啊，即使是近路，我们所剩的时间也已经不多了，毕竟你们还要再走回北极，不是吗？”

“话说你所说的近路到底是哪一条啊，难道一直往南走直线还不是最近的路吗？”我很奇怪地问安琪道。

“我们走水路。”

“啊？”我和米娜都很惊讶。

“我们到岸边从水路游到海豹栖息地会更快一些，因为顺着水流游的话肯定比走路的速度要快多了。”

“但是我这个腿怎么游啊？”我指了指我的腿道。

“到时候你的腿应该没什么大碍了吧！”安琪安

慰我道。

“唉，好吧好吧，早知道这样，我就在你的冰屋里躺着等你们好了，反正小小白有人送，你们去过之后也要再回来。”我叹了口气道。

“你就这么懒呀，出来走走活动活动对你的腿的康复有好处，比你每天躺着那么象征性地踢几下有用多了。”

“我看哪，他是舍不得你冰屋里的味道。”米娜不无讽刺地对安琪说道。

“咳咳咳，你你你……别瞎说。”我连忙制止米娜道。

“我有没有瞎说，某些人心里清楚得很。”米娜转过来冲我吐了吐舌头。

总之呢，一路上的气氛就是这样诡异，我不敢和安琪聊太多，怕把米娜晾在一边，但米娜又不太想理我的样子，没法和她说话。于是我只好一个人在后面默默地跟着，心想这要继续走上十天半个月的，就算不把我累死，也非得把我憋死不可。

好在大家坐下来休息的时候，我可以偶尔抱着小小白对着他说一会儿话。虽然他什么也听不懂，只知道嗷嗷叫，但在生活中绝大多数时刻，一个心不在焉的对象或许才是最好的听众。

29

几天过后我们终于来到了岸边，此时黑暗的海面上雾气蒙蒙，未知的远方显得神秘而令人恐惧。

我倚着我的拐杖望着海面，试图摆出一个忧伤造型，但由于脚底的冰面很滑，我的拐杖底端没支稳，往外滑了一下，害得我一个踉跄差点一头扎进海里。

“你干吗呢？都成这样了还装什么酷啊。”米娜白了我一眼道。

“没呢，我在想我们现在怎么过去啊。”

“游过去啊，你的腿怎么样了？”安琪问我道。

“其实已经好多了，但是我已经好久没在黑夜里下过水了，实在是有点心里没底，万一再抽个筋什么的，就真的死翘翘了。”

于是大家站在岸边，彻底犯了难。

“话说我们从这里游到海豹栖息地要多少天呀？”

“一个星期吧。”

“这么久？”米娜瞪大了眼睛道。

“比走路快多啦，走到那儿得半个月呢。”安琪说道。

“但是这么黑怎么辨别方向啊？”

“我知道怎么走，你们跟着我游就可以了，只是现在有人没办法下水，这才是问题所在。”

说罢安琪和米娜都把目光转移到了我的身上，就连安琪怀中的小小白都转过头盯着我看，把我看得浑身不自在。

“不如这样吧，你们游，我划船。”我对他们说道。

“划船？”

“我找一块浮冰，坐在上面，用我的拐杖当船桨，这样应该就没问题了。”

“这真的可行吗？”米娜显得很怀疑。

“试试看就知道了呗。”

说罢我在岸边开始找起了浮冰，我一块一块地跳上去尝试，但不是体积太小一站上去就往下沉，就是体积太大根本就划不动。好不容易找到了一块大小合适的，我坐上去用手中的拐杖推了一下岸边，它终于摇摇晃晃地往海面前进了。

“喂，各位，我成功了！”我兴奋地冲着岸上的他们喊道。

“你去哪儿呢？你知道往哪儿走吗？”安琪冲我喊道。

我这才意识到浮冰不知不觉已经漂出去好远了，连忙用尽力气往回划，但由于海流的作用，我还是越漂越远。

安琪和米娜见状也只好跳下了水，冲我的方向游了过来。游到我身边的时候，安琪探出头对我说，记得以趴在她背上的小小白作为标志，跟着她划，别走丢了，不然在偌大的海面上想找到彼此还真的是很麻烦。

于是平静的海面上，安琪在前面游着，小小白安逸地趴在她的背上。我划着浮冰跟在后面，米娜则时而游在我前面，时而潜入水底，时而从我旁边的水里钻出来吓我一跳，搞得我神经紧张。

“啊喂，你能不能稳重点啦，你不怕我手里叉鱼的拐棍一不小心把你给叉死。”在米娜吓了我第五次后，我有些愤慨地对她说道。

“不会啦，我就是挺兴奋的，好久没有在海上游泳了。”米娜半个身子趴在我的浮冰上对我说道。

“有的是机会，等你回南极的时候，够你在海上漂几个月的了。”

“唉，说到这个就伤感呢，天一亮我就要走了。”

“那就别走了呗。”

“怎么可能，我家人都在南极呢。”

“那……再多待一段时间？”

“不行啦，我出来这么久了，我的家人一定担心死了。”

“好吧，那就没办法了。”

“你会不会舍不得我啊？”

“当然会啦。”

“骗子，你一定巴不得我快点走，这样你就能和安琪那个绿茶婊单独待在一块儿了，对不对？”米娜哼了一声道。

“什么嘛，你干吗老是说她呀。”

“唉，其实我不是讨厌她啦，就是看你们俩这么合适，心里怪别扭的，一想到我马上要走了，你们就要从此幸福地生活在一起了，觉得有些莫名地难过。”

“啊喂，我可没说我要和她在一起，人家才看不上我呢。”

“但至少你们都是北极熊啊，有时候看你们俩，觉得自己好多余。”米娜有些伤感地说道。

“你别想这么多啦，其实我……”

“你什么？”

“没……没什么……”我想对米娜说些什么，但终归还是没有说出口。

“算啦，我肚子饿了，去抓只鱼吃。”说罢米娜就潜入了水中，只留下我一个人坐在浮冰上发呆。

此时海上的雾气开始渐渐散去，月光给海面上铺上了一层银纱，周围的一切显得是如此静谧而绚丽。我划着浮冰缓缓地前行着，迎面而来的风里有一股腥咸的气息。这是属于回忆里的味道，让我纷繁的思绪开始变得飘忽不定，我有那么一瞬间甚至怀疑现在所经历的这一切究竟是现实还是梦境。

不知过了多久，侧前方隐隐约约出现了一座岛，安琪浮出水面对我说我们可以到岛上休息一段时间再继续前进，于是我调转方向开始朝那座岛划去。

终于靠岸了，米娜和安琪甩了甩身上的水后，都累瘫在了地上，不一会儿就都睡着了。就连平时精力旺盛的小小白也躺在她们中间进入了梦乡。我为了防止浮冰漂走，花了很大的力气才把浮冰推上了岸，但我此刻却没有任何睡意，见他们睡得很香，便也不打扰他们了，于是独自拄着拐步履蹒跚地到岛内去四处看看。

这是一座荒凉的岛，至少在寒冷的极夜它就是如此一番景致。我放眼望去，到处都是被冰雪覆盖的土地和低矮的灌木丛，没有见到任何生物。然而当我继续朝前走了一段后，却隐隐约约听到有什么动物奔跑的声响，可每当我竖起耳朵认真辨别声音的来源方向时，它却又消失了。

我在一株灌木边坐了下来，想倚靠在上面歇息一下，却发觉它竟然是温热的。正在纳闷时，背后忽然传来了一个声音，顿时把我吓得不轻。

“哥们儿，你压着我了。”

“妈呀！”我一下子跳了起来，回头一看才发现，这根本不是什么灌木，而是一只趴在地上的驯鹿，我刚才是靠在了他的角上。

“哎？你是谁啊？怎么从来没有见过你？”他站起身来问我道。

“噢，我是一只北极熊，路过这里，不好意思啊，刚才没看见你。”我连忙笑着对他赔不是。

我发现在经历了这么多奇怪的破事以后，自己已经渐渐对这一切感到习惯了，在极夜里眼神不好还喜欢四处瞎跑的人，真的是什么情况都有可能遇到。

“话说你一个人趴在这里做什么啊，不会是想自杀吧？”我忽然联想到了之前的麝牛小伙子。

“自杀？为什么要自杀？”

“谁知道呢，可能是因为喜欢上哪个小伙子，家里人不同意什么的……”

驯鹿小伙子瞪着我，就像看见了一只怪物一般。

“没呢，我就是心情不好，想出来安静一会儿。”

他对我说道。

“怎么啦？跟我说说呗。”

“你看了就知道了。”说罢他指了指自己的脑门。

我定睛一看，这才发现这只驯鹿小伙子头上的角只有一只。

30

驯鹿小伙子告诉我，这座岛叫作“驯鹿岛”，岛上世世代代只生活着驯鹿一种生物，他们的种群生活在岛的另一头。

“所以你这个角是……”

“天生的，他们个个都有一对角，只有我一生下来就这么一边。在我们驯鹿里，角是很重要的象征，尤其对于公驯鹿来说。”他不无忧伤地说道。

“嗯，我觉得虽然看起来丑了点，但是也不打紧嘛，这么在乎自己的外表干吗，这个世界上很多事情不是靠外表决定的。”我装作一副过来人的样子对他谆谆教导道。

“但是在我们种群里，外表能决定很多东西啊！我们种群这两天在争夺首领位置，我们竞争的方式就是用角来互相打斗，最终的胜利者成为新的首领，但像我这种天生就比人家少半边角的，就一辈子都没机会了，所以趁他们争得热火朝天的时候，我才一个人跑来这里清静清静。”驯鹿小伙子悻悻地说道。

听他说到这里，我哑口无言了，没想到竟然还有靠外表决定社会地位和资源分配的生物存在。

“其实你不用这么悲观啦。”我拍了拍他的肩膀道。

“长得丑，又没用，还能有什么办法。”驯鹿小伙子叹了口气道。

我本来是不想帮他的，因为上次帮麝牛小伙子的经历给我留下了巨大的心灵创伤。可是看着这个愁容满面的小伙子，我觉得如果仅仅因为他缺少了半边角，就失去了拥有和别人同样权利的机会，这未免太不公平了一点。

我很惊异于我竟然会在脑海里想到“公平”这两个字，这原本完全应该是米娜的逻辑。

“那个，你看，你少了半边角，从某种意义上来说是残疾的……”

“别某种意义了，长得丑本身就是残疾。”驯鹿小伙子毫不客气地补充道。

“呃……好吧，我呢，你看我这腿，我也是只残疾熊，我们同病相怜，我能理解你的感受，所以我很想帮助帮助你。”

“怎么帮啊？”驯鹿小伙子好奇地问我道。

“你先带我去你们种群那儿看看吧……对了，话说你们不会有什么特别的‘待客之道’吧，比如什么御敌阵之类的？”我又回想起了上次被麝牛群追得满山跑的经历。

“没有啊。”

“噢，那就没事了，我们走吧，不过我可能走得有点慢。”我拄着拐杖挪了两步道。

“你不用走啊，我驮你过去。”

“不可能啦，我这么重，你驮不动我的。”

“你不知道我们驯鹿天生就是负重高手啊，你上来吧，不必客气的。”

拗不过驯鹿小伙子的再三劝说，我只好战战兢兢地爬到他的背上，还没怎么趴稳，他就撒开步子狂奔了起来。一路上由于害怕我都闭着眼睛紧紧抓着他的半边角，但还是有好几次差点被他给颠下来。

等到了驯鹿的栖息地，我的胃都被颠簸得翻江倒海的，差点就蹲在地上吐了，所幸来之前还没吃什么东西，不然就真的糗大了。

此时，一大群公驯鹿围在一片空地上，只见中间有两只驯鹿用角互相顶着对方，打斗进行得似乎相当激烈，但从场面上看两者目前僵持不下。

“话说你们这个打斗有没有什么规则啊？”我问驯鹿小伙子道。

“没有，原则上只要任何一方认输，另一方就获胜了。”

“那有没有规定只有驯鹿才能上场比试呀？”

“这倒没有……你要干什么呀？难道你要上去比吗？”驯鹿小伙子显得很惊讶。

“嗯，既然是没有规则的自由搏击，那我倒是可以去试试看。”

“你这个腿能行吗？你上去肯定要被顶死的呀。”

“放心吧，我可是被几十只麝牛追过却依然生存的男人。”我不知廉耻地向他吹嘘道。

"可是就算你赢了……"

"放心吧，你照着我说的做。"我把我的计划在驯鹿小伙子的耳边叙述了一下。

正在说话间，擂台上的一只驯鹿败下阵来，另一只驯鹿在场内游走着以宣告自己的胜利，此时场边没有驯鹿再上台挑战了。如果这个状况继续下去，那么毫无疑问这只驯鹿就要成为种群新的首领了。

见此情况，我趁势挤入了场内，一瘸一拐地走到了空地的中央，所有驯鹿顿时都安静了。他们惊讶地盯着我看，就连刚才胜利的驯鹿也愣住了，在场边瞪着我露出一个错愕的表情。

"那个……各位父老乡亲，大家好，我是一只北极熊。我路过这里，听说你们有一个打斗的比赛，就想来挑战一下，你们应该没有规定北极熊不能参加吧？"

但是显然大家都没法接受这个设定，场边顿时爆发出了起哄的声音，要把我轰下去。

不过刚才的胜利者驯鹿却显得不以为然，他觉得面对一只头上不长角的北极熊，击败我也是轻而易举的事情，更何况我现在是一只残疾熊，因此他不顾群众的反对，欣然同意和我比上一场。

在彼此摆开了架势之后，他后退了几步朝我冲了过来，我不慌不忙地原地按兵不动，等他快冲到面前的时候，举起叉鱼的拐棍把尖尖的一头冲向了他。

他显然是没有料到这种情况，一个急刹车后重重地摔在了地上。

“你这是作弊！”他从地上爬起来愤愤地对我说道。围观的驯鹿中传来了一片嘘声。

“你们这比赛没有规定不能用武器吧，而且你们可以用角，我为什么不能用棍子啊！”我表示我只是充分地利用了规则而已。

于是驯鹿群中顿时产生了一阵骚动，因为他们之前从来没有遇到过这种情况，然而他们之中显然没有谁能够挑战我，毕竟驯鹿打架是一定要用角来顶的，我举着根尖尖的棍子，无论哪只驯鹿都不可能拿我有任何办法的。

就在驯鹿群陷入前所未有的危机，一只路过的北极熊即将成为他们新首领的紧急关头，只有一只角的驯鹿小伙子站了出来，声称要为了驯鹿种群的利益来挑战我。当然了，这一切都是我事先安排好的剧情。

“好的，我认输，你赢了。”我丢下拐棍表示投降。

“为什么？”围观的驯鹿们纷纷表示不解。

“因为……因为北极熊对一只角的生物是毫无办法的，当我们遇到只有一只角的生物的时候，为了自己的生命安全，是一定会投降的。”我信口胡诌了一个理由。

没想到驯鹿群顿时便陷入了沉默之中。

为了防止我下台之后再有其他驯鹿挑战他，我又补充了一句说：“但是只要是遇到两只角的生物出现在擂台上，我们北极熊说什么都是会继续与之战斗下去的。”

于是在这种压力面前，驯鹿群在权衡了一下北极熊和一只仅有一只角的驯鹿后，决定还是让驯鹿小伙子成为新的首领，毕竟我没法让母驯鹿生孩子，就算当了首领也是个摆设。

没想到就这样，我顺利地帮驯鹿小伙子成为驯鹿群的新首领。他很感激地告诉我说，虽然下一年的今天就会有新的首领产生，但对他而言，一生中只要有这一次机会就已经足够了。

“这个嘛，你不必谢我，我觉得吧，有时候和别人天生就不一样不一定就是件坏事，不必感到沮丧。你看正是因为你的特别、你的独一无二，才能让我找得到借口来帮你，不是吗？如果其他人中也有像你一样的只有一只角，那我就真无能为力啦。”我拍了拍驯鹿小伙子道。

“总之，我今后会更加乐观地生活的。”驯鹿小伙子笑道。

“好的，既然这样，我走啦。”

“让我送你回去吧。”

“哎，你现在都是首领了，还这么驮我回去不太合适吧，有失身份哪。”

“首领怎么了，你以后再来驯鹿岛玩的话，都由我来驮你！”

我叹了口气只好同意了，说真的我并不是想拒绝他的好意，而是我实在担心他一路上再把我的胃给颠出来。

31

回到岸边后，米娜和安琪都已经睡醒了。她们很好奇我这么长时间到底跑到哪儿去了，一瘸一拐还到处晃悠，可当我把自己在驯鹿岛的神奇经历告诉她们后，她们都显得很吃惊。

“什么？去和驯鹿打架了，还差点成为驯鹿群的首领？”米娜瞪圆了眼睛问我道。

“是啊，听起来很传奇吧。”我得意地笑道。

“话说我曾经听说过这个岛，这个岛很多年前有过驯鹿，但是早已经灭绝了。”安琪歪着脑袋想了一下对我说道。

“啊？不是吧，难道我是……见鬼了吗？！”我顿时吓出了一身冷汗。

“哈哈哈，逗你玩儿呢，你还当真啦。”安琪冲我做了个鬼脸道。

“哼，心机婊，就是为了引起你注意。”米娜在一旁小声地嘟哝了一句。

“哎哟，好啦好啦，我们接着上路吧。”我无奈地挥了挥手对她们说道。

把浮冰推下水后，我们又开始了最为艰苦漫长也是本次南行最后一段的海上之旅。事实上距离目的地越近，我的心里就越慌张，毕竟我们花了太多的精力与期待在这场旅途上，当它真正结束时，我们的任务圆满完成之后，会不会反而有一种失去方向的空虚与失落感呢。

海上旅行最大的问题在于体力，我坐在浮冰上没日没夜地划水都感觉累得够呛，更不用说在水里不停游泳的米娜和安琪了。我累了还能坐着歇会儿，她俩根本就没有任何可以落脚的地方，因此我们每隔一段时间都必须找个小岛屿休整一番。不过好在海里的食物还是很充足的，每天随时随地都可以吃饭，不用担心饿肚子。

然而今天我们在海上前行了好久都没有找到任何

岛屿，环顾四周只有一望无际的海面，随着海上的风浪开始变大，我们都不禁有些担心起来。

“话说万一遇到暴风怎么办呀？”我喊了喊前面的安琪道。

“这个的确是个问题，我有点体力不支了，再遇到暴风估计凶多吉少。”

“不如你上浮冰来休息一会儿，我下去游会儿。”我对安琪说道。

“你不是已经很久没下过水了吗？而且你的腿能行吗？”

“不知道啊，但是有什么办法呢，为了你的安全考虑嘛。”

“没关系啦，再往前游一会儿看看。”安琪说道。

“哎哟，心疼她啦，你怎么不问问我呀？”米娜从一旁的水里钻出来对我说道。

“你累你也可以上来呀，你个子小，多你一个又压不沉浮冰。”我斜了她一眼道。

“算了，哼，还要我求你，而且总感觉在浮冰上更不安全，风浪一大还不是把你给掀翻了。”米娜说罢又钻进了水里。

听了这话，我不禁满脸的黑线，毕竟米娜这张乌鸦嘴始终是这次旅行过程中最大的一个障碍。

不过幸好米娜这次的话并没有应验，虽然大风吹得我在浮冰上有些摇摇晃晃的，但暴风终归是没有来，至少目前头顶的星空还算比较明亮，没有任何要变天的迹象。

过了一会儿，我忽然发现前方的海面上隐隐约约有什么东西。

“各位，我好像看见前面有个岛。”我喊她们道。

“哪儿啊？我怎么没有看见。”米娜对我说道。

“你离海面太近了，站在浮冰上就能看到了。”我对她说道。

于是米娜爬到了我的浮冰上，我高高地把她举过头顶，她也看到了那座小岛。

“安琪，前面真的有一个岛哎，不过好像很小的样子。”米娜冲安琪喊道。

“好吧，无论怎样我们过去看看吧，真的是累坏了。”安琪回头对我们说道。

于是我们开始朝那座小岛进发，然而看似不远的距离，我们却花了相当长的时间也没有抵达，因为无论我们怎么靠近，小岛和我们的距离好像都没怎么缩小。

终于费尽九牛二虎之力爬上小岛后，我们几个都累得趴下了。这是一座方圆仅有二三十米的荒芜小岛，岛上只有厚厚的泥土覆盖着，没有任何植物。

“话说这岛还真是邪门了，怎么感觉它好像在刻意远离我们一样。”我对她们说道。

“这是座浮岛，是随着海流不停漂移的，所以刚才与其说我们在靠近它，不如说我们在追赶它。”安琪平躺在地上回答我道。

“可是在这么宽阔的海面上怎么会有这样一块浮岛呢，感觉好奇怪呀。”米娜说道。

“大概是从某个大岛屿分离出来的吧，于是就这样随波逐流地漂啊漂，一直漂到了这里。”我想了一下对她说道。

“嗯，这么说来还真是一座寂寞的浮岛呢。”米娜自言自语道。

我们就这样舒舒服服地在岛上躺了很久，一边吹着风一边随着波浪轻柔地摇晃着，不一会儿就有了几分困意，然而安琪却提醒我们不可以睡着，因为一旦睡着了，很可能就不知道跟着这座浮岛漂到多远的地方去了。

“话说我总觉得有些怪怪的。”米娜对我们说道。

“怎么了？”

“我总感觉屁股下面热热的哎。”

“大概是你坐得太久了吧。”我打了个哈欠对她说道。

“不是呀，我感觉是这个岛在冒着热气呢，而且这个地面踩上去好像软软的。”米娜跺了跺脚道。

“哎哟，你不要这么神经质啦。”我有些无奈地撇了撇嘴道。

于是米娜也不想多说些什么了，换了块地方继续躺着去了。

然而没过多久，我却看见了这么长时间以来最令我惊讶的一幕画面，一注巨大的水流忽然从岛的正中心猛地喷涌而出，把躺在那里的米娜瞬间冲到了十多米的半空中，只听见米娜一声响彻夜空的“你大爷的”，接着便以一个漂亮的抛物线落入了一旁的海里，发出了沉闷的“咕咚”声。

还没等我们反应过来，整座岛屿已开始剧烈地晃动起来，并且在不断地升高。我和安琪惊慌失措地站起来，想抱起小小白逃命，但这个脑子少根筋的倒霉孩子竟然自己爬到那个喷水口那里，于是也不负众望地被冲得老高，然后“咚”的一声掉进了海里。

32

在一阵鸡飞狗跳人仰马翻之后，我和安琪也相继跳入了海中，这时我们才发现这座所谓的“浮岛”根本就不是岛，而是一只巨大的鲸鱼。

米娜和小小白此刻也浮出了水面，他俩似乎并没有什么大碍，只是被强烈的水流冲得有些晕乎乎的，小小白的眼珠在不停地打着转，米娜更是连说话都不利索了。

“话说……这……这究竟是……是怎么回事啊？”米娜拍了拍脑袋结结巴巴地问我们道。

“看来我们是踩到别人的后背上了。”我告诉她道。

“对不起啊各位，刚才没有人受伤吧？”这只鲸鱼缓缓地转过身，用低沉的声音对我们说道。

“没事，只是受了点惊吓而已。”我对他说道。

“该道歉的是我们，我们冒昧爬到了您的背上，真是不好意思，我们还以为这是座浮岛呢。”安琪也对他解释道。

“啊，这个不怪你们，我只是习惯在极夜里一动不动地漂在海里睡觉而已，有时候一觉能睡好几个月呢，背上落满了尘土，经常被人家误认为是浮岛，这次不知道睡了有多久了。”他打了个大大的哈欠，产生的海浪差点又把我们给拍到了水里。

“应该有两三个月了吧，如果从进入极夜开始算起的话。”我想了想对他说道。

“可是我们之前在上面躺了这么久你都没感觉，为什么忽然一下子就醒了？”米娜问他道。

“因为刚才有人堵住我的气孔了，憋得我难受，所以我才大口呼吸了一下。”

“噢，好吧，看来我真是会挑地方。”米娜不无沮丧地说道。

“不过说真的，你刚才那个落水姿势真不是盖的，在夜空中划过一道优美的弧线，跟流星似的，还有那句临死之前都不忘喊的‘你大爷的’，简直炫酷。”我笑着调侃她道。

这位鲸鱼大叔告诉我们，他在海上已经独自生活了很多很多年了，饿了就张开嘴吃吃海里的鱼虾，累了就这么一动不动地漂着，谈不上多么有趣，却也没有什么烦恼，没有什么惊心动魄的故事。

“您每天这样过，会觉得寂寞空虚吗？会不会很无聊呢？”米娜好奇地问他道。

“其实我年轻的时候也像你们一样，去过很多的地方，谈过很多刻骨铭心的恋爱，但是到了一定的年纪，也觉得玩够了，就这么回事儿吧。”

“可是这种生活让我过的话，我想我一定会疯掉的。”米娜说道。

“那是因为你还年轻，谁年轻的时候不喜欢新鲜感，渴望新奇的事物，但是这些东西、这些感受并不是生活永恒的主题，不可能永远维持下去，毕竟生活最终要归于平淡的。像我现在就很享受这样的日子，感到孤独的时候就睡觉，开心的时候就看看风景。”

米娜转头看了我一眼，说：“这话听起来真耳熟，话说这不是你之前在小冰屋里的生活吗？没想到你年纪轻轻的，心态却已经老了哇。”

我说：“这和年龄无关，和经历有关，每个人选择自己喜欢的生活方式总是有原因的，而且我跟你出来跑了这一趟，也没遇到什么新鲜有趣的事情啊，麻烦倒是接连不断。”

安琪在一旁点了点头，说她同意我的看法，把米娜气得小嘴嘟得老高。

于是我们就这样泡在水里和鲸鱼大叔这位过来人聊了很久的人生，他告诉我们自己已经很久没有这么开心了，一方面很久没找人说过话了，另一方面看着我们这些年轻人，不禁让他回想起自己年轻的时候，遇到我们真是一段难得的快乐时光。

“话说你们这究竟是要去哪儿啊？”鲸鱼大叔问我们道。

“去海豹栖息地，从这儿往南游，一直到岸边。”安琪对他说道。

“这样啊，好像还挺远的样子嘛，不如我送你们过去吧。”

“啊，真的吗？”我们都很惊喜。

“是的，反正醒了以后也是闲着，就带你们过去吧，路上还能和你们再聊聊天，你们爬到我的背上来吧。”说罢鲸鱼大叔往水里潜了一点，我和安琪爬了上去，再把米娜和小小白也拽了上来。

“啊，没想到真是因祸得福啊，看来刚才那一下没白冲。”米娜躺了下来，露出一个安逸的表情。

“你还是悠着点儿吧，别再把人家气孔给堵了，不然这回你指不定飞哪儿去。”我对她说道。

米娜听了这话，顿时条件反射地蹦了三尺高，仔细检查了一下自己的位置很安全后，才又缓缓地躺了下来。

“还有安琪，你抱好小小白，别再让这倒霉孩子到处爬了……”小小白听见我在叫他，转过头来对我“嗷嗷”了两声，似乎还以为我在表扬他。

“嗯，好的，话说有鲸鱼大叔帮忙，我们估计两天后就能到达海豹栖息地啦。”

“啊，真是太好了，既省时又省力啊，看来出门真的得靠朋友啊。”我不无感慨地说道。

“得了吧，还不是靠我，要不是我机智地坐在了他的气孔上，他现在还只是一座沉睡的浮岛呢。”米娜得意地对我们说道。

“好啦，坐稳了孩子们，我们准备出发了。”

随着鲸鱼大叔一声起航的号角，我们开始以前所未有的速度朝着南方的目的地前进。

CHAPTER 5

我会在世界的最南方等你

33

坐在鲸鱼大叔的背上，平稳地航行在海面上，这种感觉真的是相当惬意。

米娜一路上偷偷地告诉我，真想让鲸鱼大叔把她送回南极，搭过顺风车后顿时觉得自己走真是太累了，她地理老师果然说得没错，由俭入奢易，由奢入俭难。

“你地理老师太有水平了，教地理真是委屈他了。”我对她说道。

相比起我和米娜的轻松自在，安琪这两天却显得沉默了许多，大多数时间她都抱着小小白坐在一旁静静地看着海面发呆，像是有什么心事一般。

可能对她而言，时隔这么多年后重新回到自己的故乡，心情一定会很复杂吧，有期待有喜悦，更多的或许是一种关于物是人非的伤感与恐惧。

两天后我们终于抵达了岸边，上岸后我们都依依不舍地挥手与鲸鱼大叔告别，感谢他大老远地把我们送到这里来。

“别客气，对我而言这段距离根本算不上什么的。”说罢他从喉咙里发出了一阵低沉而浑厚的笑声。

“话说您之后有什么打算啊？”米娜问他道。

“还能有什么打算，随波逐流，四海为家，就这么漂来漂去呗。”

“那您保重啊。”我对他说道。

于是鲸鱼大叔转身准备离开了，临走前他回过头颇有深意地对我们说，或许等有一天他的生命走到了尽头，死在了某个极夜的深沉睡眠中，自己真的就化作了一座永恒的浮岛，背上厚厚的尘土逐渐沉积成了岩石，随风而来的种子在上面生根发芽，长成了花草树木，想来真是一件幸福的事情呢。

鲸鱼大叔走后，米娜对我说：“鲸鱼大叔真的像是一个哲学家，他刚才说那番话时真是性感极了。”

“嗨，等我老了，我一样也是个智慧与哲理并存的大叔。”

“不，他老了是大叔，你老了只能是个大伯。”

“这有什么区别吗？”我表示很疑惑。

“区别在于气质，大叔是用来仰慕的，大伯则是用来过年给压岁钱的。”米娜很认真地说道。

“去你大爷的。”

“大爷是大妈的老伴。”

“你够了。”我连忙阻止米娜别再继续说下去了。

我们沿着海岸线向前走了一段距离，眼前出现了一个巨大的海湾。

“到了吗这是？”我问安琪道。

“是的，这里就是‘海豹湾’。”安琪点了点头道。

“可是我好像没有看见什么海豹呀。”米娜说道。

“因为现在是涨潮的时间，等到退潮的时候，他们就会爬上岸来。”

于是我们就坐在海豹湾边静静等待着退潮，听海浪有节奏地拍打在海岸上。安琪抱着小小白轻轻地摸着他的头，小小白今天也显得特别老实，乖乖地趴在她怀里不动也不叫，像是知道自己将要和我们分别了一般。

“你在想什么呢安琪？”我转头问她道。

“我在想我的亲生父母，还有当初照顾我的养父母。我觉得感情真的是一个微妙的东西，我试图体会过我亲生父母遗弃我时的心情，也试着去感受我离开这片土地时我养父母的不舍。为了生存，我也曾试图学会让自己变得无情，毕竟这样或许就不会有那么多的伤痛与遗憾，但直到现在我才发现自己终归是重感情的，为了适应这个无情的世界而改变自己并没有让我好过一些。”她淡淡地说道。

“当初的离开并不是你的错，你毕竟是一只北极熊，和海豹生活在一起……”

“很奇怪是吗？我这些年来都这么想过，但直到我遇到了你们，看见原来北极熊、企鹅还有海豹之间也能拥有这么强烈的羁绊，我才意识到或许是自己太软弱，太需要认同感了，才会想要逃避。”

“我觉得你不必这么说，其实我们之间的情况是很特殊的，我遇到米娜再遇到小小白的剧情都发生在特定的时间和状况下，所以从某种意义上说，我会带着这两个家伙也是被逼无奈。”我耸了耸肩膀道。

米娜在一旁瞪了我一眼，说明明是她被逼无奈才住在我那儿的。

“嗨，其实我能看得出来，你们之间是有很深的感情的，而且世间多少事的发生不是因为不期而遇呢，就好比我在山下捡到摔下来的你，都是种种意外交织在一起的结果，不是吗？这或许就是所谓的缘分吧。因此我才会忽然决定借着这个机会和你们一起送小小白回来，也算是某种意义上的自我救赎吧。”安琪露出了久违的笑容。

我们就这样坐在岸边说着话，不知不觉潮水渐渐退了下去，不一会儿海里开始有海豹爬上岸了，起初只有为数不多的几只，但后来渐渐成为一支庞大的登陆大军，在月色的衬托下，显得十分壮观而令人震撼，就像是一群神秘的精灵降临在世间一般。

海豹真的是非常单纯而善良的生物，尽管北极熊是他们的天敌，但他们从我和安琪的脚边爬过时并没有表现出丝毫的恐惧或是戒备。安琪见怀中的小小白看见同类后表现得兴奋不已，便把他放在了地上，让他去跟随其他海豹的脚步。这个小家伙落地后便扭着身体迫不及待地爬向了远处，但他半路上又忽然想起了什么似的停了下来，回头望了我们一眼，“嗷嗷”叫了两声，然后便继续爬着，淹没在了海豹群之中。

“小小白走了……”米娜哭着对我说道。

“是啊，他回家了，我们的任务也完成了。”我对米娜说道。

“我好舍不得他呀。”米娜的语气非常伤心。

“不用难过啦，我们费尽千辛万苦到这里来，不就是为了让他能够回家嘛。”我安慰她道。

“是啊，可是感觉整个过程太快了，都没有来得及和他好好道别一下。”

“或许这样才是最好的告别吧，你看他不是也回头和我们说谢谢了吗，我觉得这样就已经足够了。”安琪笑着说道。

于是米娜才渐渐停止了抽泣，我们也决定就此离开海豹湾踏上返程的道路。

然而在穿过海豹群的时候，米娜忽然又抽抽搭搭地哭了起来，把我和安琪都给搞糊涂了。

“咋回事儿？怎么好端端的又难过起来了？”我停下脚步问她道。

“我发现这些海豹都长一个样子。”

“然……然后呢……”

“就算以后有机会再到这里来，我也认不出来到底哪一只是小小白了。”

34

就在我们即将离开海豹湾的时候，远处的海豹群忽然传来了一阵骚动，我们回头望了望，隐约看见似乎有一群身影正在从暗处慢慢向这里靠近。

“大熊，那些是什么生物？”

“不知道，难道是北极狐吗？”我想起了之前刚进入北极苔原时的经历。

“不，这些是北极狼，糟糕了，海豹们有危险了。”安琪警觉地对我们说道。

等那群生物渐渐接近，我才发现他们果然与之前所见到的北极狐长得不同，虽然都是白色的生物，但他们的嘴显然比北极狐要大得多，牙齿也更为锋利，一看就是天性凶残的捕食者，并且他们的嚎叫声在夜色中也显得十分凄厉，听着便令人不寒而栗。

“怎么办，他们好像来了很多，目测有十几只呢。”我对安琪说道。

“我们必须去把他们赶走。”安琪很认真地对我说道。

“啊？就凭我们两个？”我觉得很惊讶。

“不是还有我吗？”米娜也在一旁跳着插嘴道。

“你就别搅和了，这种事情你连半个的作用都发挥不了。”我一把将她给摁住了。

“嗯，无论如何，我不能眼睁睁地看着海豹们受到伤害。”说罢安琪一个人往那个方向跑了过去。

“你等等我啊……”我叮嘱米娜在这里待着别动后，就一瘸一拐地拄着拐棍追安琪去了。

就在北极狼群准备对几只海豹发动攻击的时候，我和安琪挡在了他们的面前，而他们显然也被我们的举动吓了一跳，因为北极熊和北极狼之间很少发生冲突，更不会在食物如此充足的情况下为了几只海豹而大打出手，因此他们有些犹豫地后退了几步，眼里写满了困惑与不解。

然而这群北极狼似乎真的是饿坏了，为了能够填饱肚子，他们将我和安琪围了起来，看样子是要先对我们发动袭击了。

“话说我们这么做之前是不是没有考虑清楚啊，刚才我说‘两个’，其实是个近似值，我顶多只能算半个，因为我是只残疾熊。”我低声对一旁的安琪说道。

“没事，你不必出手，只要帮我看好背后，不要让我被偷袭就好。”安琪显得很有信心。

就在我们还在偷偷商量着临时战术的时候，旁边的一只北极狼忽然就扑了上来，他似乎是看准了我脚上有伤，第一目标锁定了我，而我显然是没有做好应对这种被扑在脸上的准备，刚想举起手里的拐棍捅他，可是手一抖把它给掉在了地上。

就在我以为自己要有大麻烦的时候，安琪挡在了我的面前，一巴掌把他给拍在了地上，那敏捷的身手直接把我给镇住了。另一只北极狼见同伴受了伤，也冲了过来，但还是被安琪一掌拍出了几米开外。北极狼群见安琪不好对付，便摆开架势同时扑了过来，安琪一只一只地应付着他们，我也捡起地上的木棍在她身后挥舞着，场面顿时变得十分混乱。

虽说我之前也用过拐棍做武器，但那次顶多就是摆摆样子吓吓人，没有正儿八经地拿它捅过谁，而且北极狼和驯鹿之间最大的差别在于，驯鹿身形庞大，比较笨重，只会傻不棱登地用头上的角来顶你，但北极狼的身形显然要小得多，身手却矫健得很，不是那么容易就能捅到的，我还得时时提防他们锋利的牙齿。

在一阵激烈的搏斗之后，北极狼群终于被我们击退了，他们狼狈地四散逃窜着，留下我和安琪在原地目送他们远去。

“我的天，就这么弱啊，我都没有捅到他们，他们就被我们打跑了。”我摸了摸拐棍的一头，上面连根毛都没有沾到。

“你没捅到我就已经万幸了。”安琪说着，忽然就瘫倒在了地上。

我连忙扶起安琪，发现她身上有不少伤口，虽然没有什么大碍，但她现在一定是累得不轻。

“怎么样啦？”米娜从远处跑过来问我们道。

“没事了，北极狼群已经被我们赶跑了。”我对米娜说道。

“那就好……可是安琪怎么会伤成这样，而你却一点事情都没有啊？”米娜上去查看了一下安琪的伤口道。

“这个……”我显得有些尴尬。

“我没事，都是小伤，过几天就好了。”安琪连忙摇了摇头道。

“话说没想到你还有这一手，你打架好厉害啊。”我扶着安琪对她说道。

“没办法，从小就是靠打架来和人争地盘的。”她露出了一个无奈的笑容。

我们找了一条淡水河帮安琪清洗了伤口，然后坐在河边商量着接下来的行程。

“我们快点出发回你的小冰屋吧，山上应该还有药草吧？”我对安琪说道。

“我真的没事。”

“就算没事，我们也得回去，不是吗？”

“不，我刚才想了一下，决定不走了。”安琪很平静地对我们说道。

“啊，为什么呀？”我和米娜都对她的这个决定感到很吃惊。

“我想留下来守护这里的海豹们，其实我之前已经隐隐有过这个想法了，但是一直都很犹豫，直到今天我来到这里，亲眼见到了他们，又看到他们所面临的危险，我才真正下定决心要留下来保护他们。”

“可是你一个人真的可以吗？你的伤……”

“没关系的，至少我身体上的伤口总会愈合，然而我内心里的缺口假如一直不填补上，就永远都会觉得歉疚。我知道我自己的力量很薄弱，但对我来说，能做到什么地步就尽量做到什么地步吧，我更多的是想每天看看他们，确认他们过得好，这或许是我报答他们，也是救赎自己的最好方式吧。”

“好吧，我理解你。”我对安琪点了点头道。

“但是你在雪山脚下的家怎么办呀？”米娜问她道。

“作为一个从小就没有亲人的孩子，这些海豹就像是我的家人，所以对我而言，这个有家人的地方才真正算是个家吧。”安琪说着，露出了一个淡淡的微笑。

35

在和安琪告别前，我把手中的拐棍递给了她。

“这个东西我已经用不着了，我想你或许比我更需要它，无论是打架还是捕鱼。”我对安琪说道。

“嗯，谢谢你，真的很高兴遇到你们，很遗憾我不能送你们回去了，就在这里和你们道别吧。”安琪给了我一个拥抱，又摸了摸米娜的头。

“你要照顾好自己，注意安全，不要太拼命了，如果打不过还可以跑。我地理老师说，留得青山在，不愁没柴烧。”米娜哽咽着，语气里透着难过，看样子她似乎已经不再对安琪有什么成见了。

“好的，我知道了，谢谢你，米娜。”安琪抱了抱她道。

临走的时候，安琪把我单独叫到了一边，说有几句话想和我说说。

“话说你真的打算永远待在这儿了吗？”我抢在安琪之前先开口问她道。

“不知道呢，可能我现在的心情和你当初一样吧，也许有一天我还会回去，只是需要一些理由，还有一个机会而已。”她笑道。

“嗯，好吧，你想和我说些什么呢？”

“其实我想和你谈谈米娜，我觉得她真的是一个很好的姑娘，你应该好好珍惜她。”

“啊？这个……我不知道该怎么说这个问题……”我有些无奈地说道。

“为什么？”

“我承认我的确很喜欢她，但是她很快要走了，回到南极去了，这不是我可以改变的东西。”

“我知道，但是我相信她内心里一定也是不想离开你的。”

“可是……”

“她不说不代表她不想，毕竟很多决定不是她可以做的，所以我希望你可以好好想一想，有些事情一旦错过了，就没有后悔的机会了。”安琪拍了拍我的肩膀道。

告别安琪后，我和米娜开始往北行进，在只剩下我们两个相伴而行后，一路上波澜不惊，再没有了之前那般曲折离奇的剧情。

几天后，当我和米娜顺利回到了雪山脚下时，安琪的冰屋依然矗立在那里，只是已然没有了她的身影。

“你这几天似乎有心事，感觉自从离开安琪后，你反而沉默了很多。”坐在冰屋里休息时，我对米娜说道。

“我也不知道自己是怎么了，现在小小白也送走了，任务终于算是完成了，按理说心里的一块大石头应该落地了，可是这几天我心里却莫名觉得空落落的，感觉人生好像一下子没有追求了一般。”米娜叹了口气道。

“没追求？你不是还要回去看日出吗？”我很奇怪地问她道。

“是啊，但是在经历了这么多事情之后，我觉得好像看不看日出对我而言已经没那么重要了。”米娜叹了口气道。

“哎，你可别逗我，为了赶你这个时间，我们这趟可是吃了不少苦，你要早说你不看了，我们当初就有两倍的时间，完全可以慢慢走，也不用翻雪山过草地漂洋过海，还害我摔个半死。”

“但是如果不经历这些，或许我的心态也不会改变那么多。”

“所以你现在的意思是……”

“不如我们别回去了吧，就在这里等日出。”米娜沉默了一下对我说道。

“你是认真的吗？”我瞪大了眼睛问她道。

“大熊，你听我说，我觉得无论是我还是你，都没必要再回到那里了，虽然那里有我当初想看的日出，有我们好不容易才找到的漂亮山洞，但是我很快就要回到南极了，你也不可能一辈子待在那儿。”

“为什么这么说？”

“我呢，是不想再走那么多冤枉路了，毕竟从这里回南极要更近一些。你呢，我希望你不要再回归那种生活了，你应该在这里等她。”

“等谁？”

“安琪。”

“你别说傻话。”

“如果她没有回来，你就去找她，你们才是真正应该在一起的。”

“都这个时候了，你还在吃她的醋啊。”

“这不是气话，是我的真心话。”米娜的语气很坚定。

“这种事情轮不着你来替我做决定。”我转过头去不想理她。

“大熊，我知道你的心，但是拜托你现实一点。”

“真是奇怪，现在口口声声把现实摆在嘴边的竟然是你。”

“其实你心里比谁都明白，不是吗？我真的是为了你好，这三年来你承受的已经够多了，我不想再成为你的负担……”

“够了，你不用再说了。”我打断了米娜，起身钻出了冰屋。

独自坐在雪地里，我心乱如麻，毕竟我深深知道米娜所想要表达的意思。她说得一点也没错，她是一只企鹅，我却是一只北极熊，她注定要离开这个地方，而我也注定要回归自己的生活。尽管故事的结局从一开始就已经被决定了，然而我还是不可自拔地陷入了其中，让自己不得不去面对现在的这番痛苦与挣扎。

一想起临走时安琪对我说的话，我就感到更加沉重，并不是我不想珍惜，而是我甚至都没有去珍惜的余地。

与其说我现在的感受是难过，不如说更多的是一种无力感，而这种无力在这次南行的过程中我看到了太多太多，无论是北极狐女王艾丽、麝牛小伙子、驯鹿小伙子，还是安琪……每个人都有自己所需要面对与承受的东西，这些都不是我们生来所能够选择的，而为了改变它们，我们究竟需要付出多少代价与勇气呢。

我望着明亮的夜空，不禁感慨在这片寒冷而广阔的土地上，究竟还有多少生命在渴望着光明，有多少生命在忍受着漫长，又有多少生命在凛冽中把属于自己的那些快乐、悲伤的故事永远埋藏在了风里呢。

回到冰屋后，见米娜已经躺下准备睡觉了，我也过去躺在了她的身边。

“真的想好了吗，在这里看日出？”我转头问她道。

“嗯，就在这里看，看完日出我就走。”米娜点了点头。

“好吧，我也在这里陪你，不回去了。”

“你终于想通啦？”米娜笑道。

“不是，我也是觉得累了，不想往回走了，毕竟我向来是不喜欢走回头路的，既然都已经到了这么南的地方了，何必再对那儿恋恋不舍。”

“嗯，这就对啦，这次极夜结束后，你的苦行也该结束了。”

“嗨，从某种意义上说，我的苦行早就已经结束了，但是往大了说，生命本身何尝不是一场漫长的苦行呢？”

“你别这么文绉绉的了，我走了以后，好好过日子，一定要照顾好自己。”米娜拍了拍我的肩膀道。

“嗯，我知道了。”

在客套了一番之后，我们望着天花板陷入了短暂的沉默之中，空气中弥漫着一股冰冷而忧郁的气息。

“话说这种感觉好熟悉呀，忽然想起第一天住在你小冰屋里时的情境，好像是昨天才刚刚发生的那样。”

“是啊，你出现之前，我还以为我会在那里住很久很久，甚至已经有了永远待在那里的打算，但没想到现在，一切都变得不一样了。”

“我问你噢，如果你的小冰屋当初没有消失，我和你在那里过完了整个极夜，那等我走了以后，你还会继续留在那儿吗？”米娜问我道。

“或许也不会了吧。”

“为什么呢？”

“一个人住的时候，小冰屋对我来说仅仅是个庇护所而已，让我有个可以遮风挡雪的地方。可是当你来过之后，那里渐渐开始变得像一个家了，用安琪的话说，在没有了家人的地方，我又如何继续住在那个空壳子里呢？”

“好吧，不过你记得吗，这最早应该是我提的说法。”米娜笑道。

“是啊，说明其实我们在内心深处对于归属感的认同都是一样的。”

“不过你这样说得我都有些愧疚了，其实这些天我也在想，假如我压根没有在你的生活里出现过，你现在应该就不会感到如此纠结了吧。”米娜叹了口气道。

“不是的，纠结本身虽然是个痛苦的过程，但至少说明我终于开始有了选择的余地，无论如何这都比曾经那些看似一帆风顺的平庸日子要强太多太多了。”我轻轻地摸了摸她的头道。

36

不知不觉，我和米娜在安琪的冰屋里已经生活了一个多月，这段日子过得很平淡，却也像当初那样开心。

随着极夜结束的日期渐渐临近，米娜开始每天趴在窗口张望，想确认天空中有没有日出的光亮。

而我的内心中却是深深的怅然与失落，因为我知道，当太阳在地平线升起的那一天，就是米娜离开的日子。

讽刺的是，这是害怕黑暗的我这些年来第一次如此不情愿看到日出，我从没想过自己竟然会在这段时间改变这么多，就因为这个来自南极的姑娘，一个甚至还没有我脑袋大的姑娘。

但我却再没有告诉过米娜我的心事，我知道自己终究不可能挽留她，毕竟我没有权利如此自私地要求她离开她的家人，远离她魂牵梦绕的故乡。

然而一个重要的决定却渐渐在我的心中生根发芽了。

见这些天的天空中渐渐有了短暂的光亮，天气也变得越来越暖和，我和米娜决定爬到山顶上去等待日出的到来。

此时山顶的积雪已经融化了，我和米娜坐在一块石头上，聊起了很多过去的事情。

“当时我们来这里的时候可冷啦，还下着好大的雪呢。”我对米娜说道。

“别提了，又冷又饿，还在山洞里等了你两天。”米娜斜了我一眼道。

“你咋不说我差点摔死了呢。”

“摔死了才好，害我和小小白担心你半天……唉，我真的好想小小白呀，我在想如果他现在在这儿就好了，可以带他一起看日出。”

“你放心啦，他一定已经看到日出了，南边日出比我们这要早得多。”

“你说他长大了以后还会不会记得我们呢？”

“一定会的，说不定还会和同伴们说起他的经历呢。”

“不过应该没人会相信他吧，哈哈，有过一个北极熊干爹和一个企鹅干妈，还带着他跑了那么远，听起来还真是个荒诞不经的故事呢。”我不无感慨地说道。

我和米娜在那里坐着聊着，不知过了几个小时，太阳终于羞涩地从地平线上露出了一角。一开始它的光亮很微弱，但没过多久便耀眼得令人睁不开眼，在一瞬间照亮了整片沉睡已久的土地，让四周的一切都变得五彩缤纷起来。只是这一幕令人惊叹的美景并没有持续多久，才过了一小会儿，刚露出一角的太阳便又缓缓地落到地平线下面去了。

然而这一刻虽然短暂，米娜却显得非常开心，她对我说：“大熊，极夜终于结束啦，我也在北极看过一次日出了，这趟北极之旅总算是不虚此行。”

“嗯啊，从今天开始，日出时间就会越来越长了。”

“你怎么好像没有很开心的样子，你不是最讨厌极夜的吗？”

“还不是因为你马上要走了啊。”

“嗯……今天先不走了，明天再走。”

“怎么啦？”

“我们下山吧，你再抱着我睡一觉，好不好？”

于是我们回到了山脚下的冰屋里，我最后一次把米娜拥入怀里。由于兴奋后很疲惫，米娜很快就睡着了，然而我却一直清醒着，就这么看着她，听着她均匀的呼吸声，一直到天亮。

米娜睡着的样子真的很美，只是今后还会不会有人给她盖被子呢。

由于回去依然要走水路，我把米娜一路送到了岸边，在那里作我们最后的分别。

我既没有落泪，也没有笑容，事实上我沉默了很久，也不知该如何和她道别，更不知如何感谢她这些日子以来的陪伴。

“好啦大熊，我该走了。”面对面尴尬地站了好一会儿后，米娜戳了我的屁股一下道。

“你知道吗，这些日子我想了很多，关于你，关于我，以及这段时间我们所经历的这一切，我知道我所要说的这番话可能很蠢，但还是希望你能听一听。”

“没事，你说吧。”

“我想和你在一起，如果可能，我希望是永远在一起。我知道你可能觉得这很荒谬，很不现实，但我这些年已经考虑了太多关于现实的问题了，我用现实绑住了自己，甚至作为逃避的理由。但在遇见你之后，一切都变了，尤其当我们经历了那段旅程，看到了他们的故事之后，我更加相信这个世界上没有什么是不可能的，爱能够打破所有的定律，无论是自然法则还是生命科学。”

“谢谢你和我说这些，但我真的不可能留下来。”

“米娜，我已经想好了，我要跟你一起走。”我望着她的眼睛道。

“你别开玩笑了，你是一只北极熊，到了南极你连名字都得改了。”

“我不在乎这些，就算自己最后变成一个无解的笑话，也没有关系。”

“不，你不必这么快做决定，现在我更想自己一个人回到南极，但是如果将来你愿意一直往南走，我会在世界的最南方等你的。”米娜冲我露出了一个温柔的笑容。

“可是我想和你一起走，毕竟在没有北极星的日子里，我如何才能找得到南方？”

“大熊，你要知道，既然你已经在世界的最北方，那么无论未来你朝哪个方向走，都注定是南方。”

［番外篇］

小小白

我从小就觉得自己一定不是我爸妈亲生的。

我长这么大他们从来就没有把我和其他兄弟姐妹，甚至是别人家的孩子分清楚过。而且据我所知，我刚出生没多久，我爸妈还把我弄丢过一次，这一丢竟然丢了两个月之久，最后我究竟是怎么奇迹般地回到他们身边的，至今依然无从考证。

关于那段时间我究竟去了哪里，在我的回忆里几乎是一片空白，毕竟当时的我还没开始记事，只有模模糊糊的一些印象。似乎那时的自己的确曾经漂到过很远很远的地方，遇到了一些奇怪的生物和离奇的故事。

尽管我的父母很糊涂，但我并不愿意像他们一样糊涂。随着年龄的增长，我对于自己的那段经历变得越发好奇，尤其是当我和身边的朋友说起自己儿时的那些模糊而奇幻的印象，他们露出鄙夷和嘲笑的神情时，我的这种想要去探究真相的愿望就变得更加强烈。

于是在极夜过去后的第一天，我选择一个人从水路出发一路向北游。至于为什么要选择这个方向，其实也完全是凭着自己有限的记忆加上一点点直觉。

在游了不知多久后，我感到有些疲惫了，想要找个地方歇息一会儿。就在这时我见到海面上有一座浮动的岛屿，便兴冲冲地朝它游了过去。

爬上了浮岛后，我想要找个地方睡上一觉。但还没等我躺安稳，忽然身体下面冲出一阵猛烈的水流，把我抛向了空中，在情不自禁地喊了一声“你大爷的”后，我“咚”的一声掉进了海里。

“是你？”

浮出水面后，我定睛一看，竟然是一只巨大的鲸鱼在对我说话。

“啊？你认识我？”我不禁感到万分惊讶。

“你不就是当年那个缺心眼的孩子么，都长这么大了咋还是那么缺心眼呢。”鲸鱼大叔笑着对我说道。

于是他把当年发生的事的来龙去脉详细地跟我说了一遍。

“两只北极熊和一只企鹅？是他们把我送回家的？”我觉得十分不可思议。

“是的呢，当时你才只有那么一丁点大呢，被一只北极熊抱着，我当时载着你们去的海豹栖息地。”

“那您能带我从当时来的路返回去吗？我想去找他们，

看看他们现在过得怎么样。”

在我的百般请求下，鲸鱼大叔终于答应载着我游到了北部的一个岸边。在那里他告诉我，当时我们就是在这附近爬到他背上的，至于我们是从哪里走到这个地方的，他就不得而知了。

谢过了鲸鱼大叔之后，我继续一路向北，想要沿路寻找一些有用的线索，但很遗憾的是由于这个地带十分荒凉，我几乎都没有遇到什么生物。

不知走了多少天后，我来到了一座雪山脚下，终于在这里遇到了一群麝牛。

我上前想要打听打听当年的一些情况，但问遍了整个麝牛种群都没有人知道什么北极熊和企鹅的事情。直到我问到一位正在和好基友打情骂俏的麝牛大哥时，他非常兴奋地对我说道：“啊，你不是那只小海豹么，当年北极熊大哥抱着你被我们追着满山跑的时候，你才这么点大呢，但是你当时可冷静了，临危不乱。”

于是麝牛大哥也把当年发生的故事详细地跟我说了一遍。

“我看你们那时候是从山的那一头来的，你们当时出发的地方可能还要比这里偏北很多呢。”

“嗯，我知道了，谢谢你。”

告别麝牛大哥后，我又继续北上，沿途经历了很多困难，却都一一克服了。

不知过了多少天，我来到了一片北极狐的栖息地。

在这里，我受到了非常热情的接待，并拜见了北极狐女王和她的丈夫。她和我聊天时不无怀念地对我说，那只北极熊和企鹅虽然当年绑架过她，但他们都是出于善良和热心才会那么做的。

“您知道他们当时是从哪里来的吗？”我问女王艾丽道。

“我只知道他们是从北边来的，但具体是什么地方我不太清楚。”她回答我道。

“好吧，看来我还要继续前行呢。”

“你确定还要往北走吗？因为再往北就真的什么都没有了，那是一片常年冰封的荒芜之地。”她劝我道。

“虽然您这么说，但我还是想去碰碰运气。”

“唉，你说你如此执着，究竟是要去寻找什么呢？”

“我也不知道，我其实没有任何指望能找到他们，但这趟旅行对我来说还是非走不可的，只为了解决困扰自己多年的一个问题。”

于是就这样，我再次踏上了北上的旅途。随着极夜的过去，白天变得越来越长，前方的道路也开始变得明朗而清晰起来。

然而令我万万没有想到的是，就在我即将到达北冰洋沿岸时，一条横贯东西的巨大冰川裂缝挡在了我的面前。

在犹豫了很久之后，我决定冒险从一个裂缝比较细的地方跨过去。没想到在我爬到一个看起来很细小的裂缝边缘时，脚下的地面忽然毫无征兆地塌陷了下去，我就这样掉进了无底的深渊之中，两眼一黑过后便失去了知觉。

醒来以后的我发现自己浸泡在冰冷而黑暗的海水中，我不知自己身在何处，只好拼命地向前游，不知过了多久才看见前方的顶端有一丝微弱的光亮，于是我用尽力气朝着那个方向浮了上去。

当我钻出水面的时候，怎么也不敢相信自己的眼睛。这里竟然是一个洞穴，洞穴的顶上有一个自然形成的天井，抬起头便可以看到夜空。我爬到岸边，趴在那里静静地环顾着四周，觉得这一切就像是在梦里一般。

这个地方总觉得似曾相识，难道是我曾经来过这里吗?

我慢慢地爬到洞口，小心翼翼地扫开一层厚厚的积雪，发现了一个用石子排成的“米”字。

我轻轻地趴在上面，温柔地抚摸着它，好像听到了一个属于遥远过去的故事。

Ⓒ

图书在版编目（CIP）数据

南极姑娘 / 陈谌著 .—北京：北京联合出版公司，2014.12（2015.1 重印）

ISBN 978-7-5502-3964-7

Ⅰ . ①南… Ⅱ . ①陈… Ⅲ . ①长篇小说－中国－当代 Ⅳ . ① I247.5

中国版本图书馆 CIP 数据核字（2014）第 261872 号

南极姑娘

作　　者：陈　谌

责任编辑：王　巍

北京联合出版公司出版

（北京市西城区德外大街 83 号楼 9 层　100088）

鸿博昊天科技有限公司印刷　　新华书店经销

字数：120 千字　787mm × 1092mm　1/32　印张：8

2014 年 12 月第 1 版　　2015 年 1 月第 2 次印刷

ISBN 978-7-5502-3964-7

定价：39.80 元
